# 遥感信息工程

吴信才 著

科学出版社

北京

# 内 容 简 介

本书依托国家发展和改革委员会的国家卫星应用高技术产业化专项项目"武汉城市圈国土资源卫星遥感综合应用高技术产业化示范工程"（〔2010〕37号），凝结作者多年实施各类遥感、地理信息系统等重大应用集成项目经验，详细阐述遥感信息工程方法论、遥感信息工程技术基础、遥感应用模型、遥感专题数据加工、遥感信息工程建设、遥感信息工程管理、遥感信息工程规范和标准、遥感信息工程实践等内容。

本书内容全面、条理清晰、针对性强、实例丰富，可作为开展大型遥感信息集成应用建设的工程技术人员的参考书和指导书，也可作为遥感、地理信息系统、测绘工程、软件工程、信息工程等专业本科生、研究生从事遥感应用的参考书籍，还可作为遥感信息工程专业的教材。

**图书在版编目(CIP)数据**

遥感信息工程/吴信才著. —北京：科学出版社，2011
（地球信息科学基础丛书）
ISBN 978-7-03-030468-1

Ⅰ.①遥… Ⅱ.①吴… Ⅲ.①遥感-信息工程 Ⅳ.TP7

中国版本图书馆 CIP 数据核字（2011）第 039212 号

责任编辑：韩 鹏 王国华/责任校对：刘亚琦
责任印制：钱玉芬/封面设计：王 浩

**科 学 出 版 社 出版**
北京东黄城根北街16号
邮政编码：100717
http://www.sciencep.com

**源海印刷有限责任公司 印刷**

科学出版社发行 各地新华书店经销

\*

2011年3月第 一 版 开本：787×1092 1/16
2011年3月第一次印刷 印张：9
印数：1—4 000 字数：200 000

**定价：39.00元**
（如有印装质量问题，我社负责调换）

# 前　　言

随着航空航天技术、成像遥感技术和计算机技术的快速发展，各种遥感平台和遥感器无论在种类、数量上还是质量上都在不断提升，各种航空航天成像遥感平台所产生的高分辨率遥感影像数据正在"如同下雨一样向地面传送"。但是，我国有关遥感信息的应用普遍存在以下问题：一是异构、多尺度的各类遥感数据虽然多，但共享程度和利用程度却较低；二是各部门建立的遥感处理系统多，但业务化集成系统待完善；三是遥感应用业务化服务能力不强，应用产业链尚未形成。其原因之一就是遥感大型应用中有关前期的遥感数据获取和加工、中期的遥感影像处理系统和集成应用系统研发，以及后期的遥感信息应用运营等缺乏一整套的工程理论、技术和方法。

在这种形势下，本书从如何考虑、研发和实施遥感信息应用重大工程入手，探讨遥感信息工程实施过程中所涉及的标准规范、工程技术方法、运营管理等，以期能指导国家各行业大型遥感信息系统建设，节省大量的人力、财力以及物力等，并促进遥感在气象、地矿、测绘、农林、水利、海洋、地震等行业更深入与更广泛应用，推动我国空间信息产业结构的重大调整，带动以空间信息为核心的相关领域和产业的快速发展，完善符合我国国情的卫星遥感应用产业链，从而为维护国家安全、服务社会和民生、加速我国经济建设发展和促进和谐社会建设提供技术支撑。

本书在内容和结构上做了精心设计与安排，结构严谨，内容新颖，理论和实践相结合。全书共分为9章，第1章主要介绍遥感信息工程相关概念和内涵；第2章从理论的高度阐述实施遥感信息工程所遵循的一套方法；第3章主要阐述实施遥感信息工程中所需要的遥感技术、GIS技术、空间定位技术和工程整体实施的集成技术等；第4章主要介绍遥感应用模型的分类体系和建立方法；第5章主要是在构建的各类遥感应用模型的基础上，阐述遥感专题数据加工特点、原则、流程等；第6章主要介绍遥感信息工程建设中所涉及的工作环境建设、人才队伍建设、硬件系统建设、软件系统建设等；第7章从管理的角度讨论如何保证遥感应用项目的实施和运营；第8章主要阐述遥感信息工程标准体系组成、形成方法以及标准检测工具等；第9章主要根据前几章所讨论的技术、方法阐述遥感信息应用中进行分析需求、方案设计以及工程部署的一整套流程，最后给出具体应用案例。

本书凝聚了作者及其研究团队多年实施各类遥感、地理信息系统等重大应用集成项目的成功经验，如国家发展和改革委员会的项目"武汉城市圈国土资源卫星遥感综合应用高技术产业化示范工程"项目、"自然资源和地理空间基础信息库项目数据集成处理系统"以及国家"863"项目"网格地理信息系统软件及其重大应用"、"面向网络海量空间信息大型GIS"等，这为本书提供了可靠、实用和第一手的素材。

参与本书撰写的人员还有刘修国、谢忠、周顺平、高伟、徐世武、张发勇、万波、吴亮、刘福江、林伟华、何贞铭、龚君芳等。

由于时间仓促，加之作者水平有限，书中难免存在错误与不当之处，敬请读者提出宝贵意见和建议。

作 者

2010 年 12 月

# 目　　录

# 第1章 遥感信息工程概论

## 1.1 遥感与遥感产业

随着人类生存环境的变化和国家发展竞争的日益激烈，对自然资源、太空资源的开发和争夺已经成为影响人类与民族发展进程的重要因素。遥感正是为了满足这样的需求所产生的一门综合性应用技术，它具有获取对地数据资料范围广、速度快、周期短、信息量大、受条件限制少等特点，为人类进行大规模资源探测及开发提供了重要技术手段。另外，随着人类社会的进步、经济的发展和科技水平的提高，特别是航空、航天、计算机、通信、网络等技术的不断发展，遥感的理论、技术、方法随之不断地发生变化，其应用也不断深入和广泛。这些将带动现代遥感技术向遥感信息定量化、信息处理智能化、数据获取动态化、遥感应用网络化、遥感工具实用化等方向发展，由此必定带来新一轮遥感应用的热潮。

### 1.1.1 遥感基本概念

遥感（remote sensing）最初是由美国海军科学研究部的布鲁依特（E. L. Pruitt）在 20 世纪 60 年代提出来的，他认为遥感是以摄影方式或以非摄影方式获得被探测目标的图像或数据的一门综合性探测技术。从现实意义看，遥感是一种远离目标，通过非直接接触而判定、测量并分析目标性质的一门多学科交叉的综合技术，同时也是取得认识自然的目标信息的工具。通常意义上的遥感是指空对地的对地球资源与环境进行探测和监测的综合性技术，即从远离地面的不同工作平台（如高塔、气球、飞艇、飞机、火箭、宇宙飞船、人造地球卫星等）上通过传感器，对地球表面的电磁波（辐射）信息进行探测，并对探测的信息进行传输、处理和判读分析后，得到比在地面上观察视域范围要大很多的航空像片、卫星图像信息，为研究地球表层的资源与环境提供基础。

从遥感平台来看，常见的遥感平台包括航空和航天遥感平台，其中航空遥感平台有低空气球、无人飞机、飞艇、航空飞机等，航天遥感平台有航天飞机、人造卫星、太空站和各种太空探测器等。目前，世界各国共发射了各种人造地球卫星已超过 3000 颗，其中大部分为军事服务的卫星（约占 70%）（于新华，1999），用于科学研究及地球资源探测和环境监测的有气象卫星系列、陆地卫星系列、海洋卫星系列、测地卫星系列、天文观测卫星系列和通信卫星系列等，利用这些遥感平台可以在距离地面不同高度上获得各种不同分辨率、不同比例尺的遥感影像。

从获取影像的传感器角度来看，有主动式传感器（如合成孔径雷达等）和被动式传感器（如摄像机、多光谱扫描仪等），其摄像机有可见光黑白摄影、多光谱摄影、彩色摄影、彩红外摄影、紫外线摄影和全景摄影等，其扫描仪有红外扫描仪、CCD 线阵扫描仪、矩阵扫描仪等。这些传感器通过不同的载体获取不同的空间分辨率、不同的时间分辨率、不同的光谱分辨率的遥感影像数据。

从空间分辨率来看，包括 NOAA AVHRR 的 1.1km，环境 1 号 HJ-1B 星的 150/300m、30m，HJ-1A 星的 100m、30m，LANDSAT-MSS 的 80m，MOS-1 的 50m，RADARSAT 的 40m、30m、10m，北京 1 号卫星的 32m、4m，TM 的 30m，SPOT1、2 的 20m、10m，MOMS-01 的 20m，环境 1 号 HJ-1C 星的 20m、5m，CBERS 02B 的 19.5m、2.36m，JERS-1 的 18m，福卫 2 号的 8m、2m，SPOT3、4 的 5m，遥感 1 号卫星的 5m，IKONOS 的 4m、1m，资源 2 号卫星 3m、1.5m，QUICKBIRD 的 2.4m、0.6m，遥感 2 号卫星的 1m，遥感影像数据的空间分辨率跨度很大，包含的范围很广。

从波谱范围来看，获取的遥感数据包括能够透过大气的各类电磁波谱段，并向红外、远红外和微波波段扩展。

从光谱分辨率来看，获取的遥感数据已经从多光谱发展到了高光谱、超光谱，如光谱波段可以达到 5～6nm（纳米）量级。

从多时相来看，不同空间分辨率的传感器具有不同的时间分辨率。例如，每 30 分钟获得一次同一地区的 Meteosat 图像，NOAA 气象卫星一天收到两次卫星图像，福卫 2 号卫星一天收到两次卫星图像，EOS 获取周期为 1～3 天，QUICKBIRD 为 1～3.5 天，ERS-1 为 3 天，HJ-1A 和 HJ-1C 为 4 天，HJ-1B 为 4～31 天，CBERS 02B 为 5～104 天，LANDSAT 为 16 天，IRS-1 为 22 天，RADARSAT 为 24 天，SPOT 为 26 天，JERS-1 为 44 天等。

总之，经过半个世纪的探索和尝试，遥感技术及其应用已经取得了长足的进步和快速的发展。特别是随着航空航天对地观测技术、计算机技术和电磁波信息传输技术等的深入研究，卫星遥感技术得到了迅猛的发展，为对地观测提供了多分辨率、多波段、多时相的遥感数据，并使得高、多光谱遥感数据的获取已逐步实现高精度、多来源、短周期，这为解决空间信息的快速更新和地表特征信息的近实时监测提供了可能。利用这些遥感数据对陆地、海洋、大气、环境等进行监测与测绘，并广泛用于农业、林业、国土、水利、地质、环境、交通、气象、海洋、军事、城乡建设等诸多领域，发挥了重要作用。

# 1.1.2 遥感产业的特点

### 1. 遥感产业的构成

遥感产业链由上游、中游、下游组成，涵盖了数据获取、数据处理、数据管理、数据分发、数据应用及服务等几部分内容，如图 1-1 所示。产业链上游主要包括遥感卫星制造业、卫星发射服务业、地面遥感接收业、飞机制造业、摄影测量与激光雷达设备制造业等；中游主要包括遥感信息应用软件产业、遥感数据存储和处理以及专题数据加工产业等；下游主要是卫星遥感综合应用产业。

遥感产业链上游的遥感卫星制造业是指卫星遥感系统空间段的技术研究开发和产品生产行业，涉及空间遥感平台、有效载荷和相应的地面检测试验系统等；遥感产业链上游的卫星发射服务业主要包括火箭运载、发射场合测控服务等；遥感产业链上游的地面遥感接收业主要是指地面和终端设备制造业，它包括遥感地面应用系统及其相关的工程

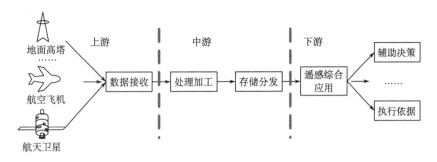

图 1-1　遥感行业产业链

和设备建造业，如遥感卫星地面业务管理控制中心、跟踪接收站、数据预处理中心等软硬件设备的研制和生产业务；遥感产业链上游的飞机制造业主要包括各类气球、飞艇、滑翔机、风筝、飞机、直升机、旋翼机等制造；遥感产业链上游的摄影测量与激光雷达设备制造业主要包括各种地面、航空摄影测量与激光雷达仪器设备制造。

遥感产业链中游的遥感信息应用软件产业主要包括能对各类遥感数据进行处理、存储和加工的软件研发产业；遥感产业链中游的遥感数据存储与处理和专题处理加工产业主要是利用遥感应用软件进行遥感数据处理、存储以及遥感专题数据加工产业等，即主要将各类遥感数据加工处理成各级遥感数据产品乃至专题数据产品的产业。

遥感产业链下游的卫星遥感综合应用产业主要包括服务于遥感应用行业的导航定位产品制造业、地理信息系统和数据库软件产品开发业、遥感信息综合应用集成平台和遥感信息应用系统开发业等，为各行业提供辅助决策和执行依据等，如综合利用遥感、GIS、空间信息定位等技术开展在国土资源、农业、林业、水利、区域和城乡规划、环保、减灾等领域的业务应用所涉及的相关软件的开发等。

2. 遥感产业特点

遥感产业不仅是一个产业联动效应极强的高技术产业，积极带动了上下游关联产业的发展，更是一个对经济发展方式产生重大带动作用的创新发展产业。从目前遥感产业的发展来看，遥感产业规模不断扩大，市场需求不断增强，产业链和市场细分逐渐形成；遥感需求层次已形成不同分辨率的数据为不同用户服务，同时遥感需求的网络正在逐步有序化；商用卫星成像数据服务形成军民两用新产业，在轨遥感卫星提供军民两用服务。

另外，处于遥感产业链的中下游遥感卫星应用产业是国家战略性高技术产业的重要组成部分，是知识高度密集、关系国家安全、对经济发展和社会进步具有广泛带动作用的战略性高新技术；扩大遥感卫星技术应用，促进遥感卫星应用产业发展是我国建设创新型国家、实现全面建设小康社会战略目标的客观要求，是落实科学发展观、推动经济和社会协调发展的重要途径，也是振奋民族精神、提升国家地位、提高产业国际竞争力的战略性举措。

## 1.2 遥感信息工程特征

### 1.2.1 遥感信息工程的产生

我国卫星遥感应用产业经过多年的努力，一些地方和行业积极利用遥感技术开展研究，取得了令人瞩目的成绩，如从 20 世纪 70 年代开始，我国利用国外卫星遥感数据进行了资源调查、环境监测等方面的应用，目前全国已有 460 个单位近万名科技人员直接或间接从事遥感技术和遥感应用工作，并在气象预报、国土资源详查、森林草场调查、生态环境监测等领域得到广泛应用（国家地理空间信息协调委员会，2007），卫星遥感应用产业进入了快速发展的新阶段，卫星遥感应用已成为经济建设、社会发展和政府决策的重要支撑，是国家战略性高技术产业。"十一五"期间，国民经济增长方式以及国家科技发展战略的转变，为遥感应用提供了巨大、崭新的发展领域和空间。

随着国家高分辨率对地观测系统的建立，2007 年 6 月，国家发展和改革委员会和国防科学技术工业委员会（现国防科技工业局）联合颁布的《关于促进卫星应用产业发展的若干意见》提出，到 2020 年，完成应用卫星从试验应用型向业务服务型转变，建立卫星应用产业发展新体制，实现卫星遥感应用产业产值年均增长幅度达到 25％以上的总体目标。这必将有力地推进我国卫星应用产业的发展，提升卫星应用自主创新能力，更好地为国民经济和社会发展服务。然而，卫星遥感数据在各领域的应用，特别是在重大工程中卫星遥感应用的比例还较小，主要面临的问题如下。

#### 1. 遥感数据类型多，但共享程度低

目前全世界已有近 20 个国家拥有各类在轨运行的中/高分辨率遥感卫星，并且随着航空航天技术、成像遥感技术和计算机技术的快速发展，各种遥感平台和遥感器无论种类、数量还是质量都在不断提升。这样直接造成目前遥感数据类型多的局面，具体表现在遥感数据的异构性、多尺度性等。遥感数据异构主要是指由于不同的卫星遥感数据获取来源不同，记录与存储数据的格式也不尽相同；遥感数据多尺度主要是指由于不同的卫星与传感器具有不同的空间、时间和光谱分辨率，反映对地表观测的涵盖范围和详细程度也不同。但是，由于现有遥感数据（包括经过深加工处理的遥感专题数据产品等）大部分局限于部门内应用，部门与部门、部门与地区之间信息共享的机制和制度尚未建立，遥感信息共享标准体系和共享环境建设还有待完善，这些直接导致遥感数据难以共享。

#### 2. 遥感数据规模大，但利用程度低

据美国摄影测量与遥感协会（American Society for Photogrammetry and Remote Sensing，ASPRS）2008 年 2 月统计数据，截至 2007 年年底，仅民用陆地成像遥感卫星领域，全世界在轨运行的分辨率不低于 56m 的可见光卫星共有 31 颗、雷达卫星 10 颗，到 2013 年还将有 36 颗可见光遥感卫星和 14 颗雷达遥感卫星发射。在这些卫星所搭载的传感器中，最高空间分辨率已经能够达到可见光 0.4m（GeoEye-l，US）、多光谱 1.64m（GeoEye-l，US）。高光谱，甚至超光谱、超高光谱遥感器最大能够在 400～

2500nm 的频谱范围内以不超过 10nm 的光谱分辨率成像。最高时间分辨率能够达到分钟级,最大辐射分辨率能够达到 12bit。这些指标仅仅是目前能够在最新的公开文献上查到的民用领域的数据,实际未公开的指标还会更高。各种航空航天成像遥感平台所产生的高分辨率遥感影像数据正在"如同下雨一样向地面传送"(Jensen,2005)。另外,我国遥感应用所需数据长期以来以提供原始数据为主,基本上是 1 级或 2 级产品(田国良,2003),需要用户自行加工和进一步处理后方可应用,这既增加了遥感数据大量使用难度,又造成重复性工作和较大浪费,直接降低了遥感数据可利用范围和程度。

### 3. 遥感处理系统多,但业务化集成系统待完善

随着电子计算机技术的迅速发展,遥感信息处理和方法不断取得突破,国内外出现了一些功能强大的专业图像处理软件,如 ERDAS、PCI、ENVI、ERMapper、MapGIS-RSP 等。国内外许多地区和部门基于这些遥感信息处理软件平台开发出许多针对各自业务与应用的遥感应用系统,如我国曾建立了主要农作物估产、资源环境监测调查、森林操作覆盖等众多遥感应用系统。但是,这些已有的各类遥感业务化集成系统有待完善,主要表现在:一是大多数没有在全国范围内形成长期业务化运行能力,还不能持续、完整地为国家重要决策提供依据;二是针对越来越多跨部门、跨地域、跨行业的遥感应用,很难实现既能对多源异构 GIS 数据、遥感数据进行集成共享,又能对不同部门不同行业已建立的 GIS 应用系统、遥感应用系统等集成以及各部门各行业以前建立的各类信息系统进行集成。

### 4. 遥感应用业务化服务能力不强,应用产业链尚未形成

在当前信息技术突飞猛进发展的同时,遥感业务应用系统构建技术发展也是日新月异,基本可以分为三个阶段:应用函数接口阶段、组件化阶段、可视化快速构建阶段。我国遥感应用系统建设主要集中在前两个阶段,并且主要是单一部门、单一领域的同构资源环境下构建,对于大型面向业务的跨部门、跨平台、综合性、多层次与多领域的遥感应用系统的构建难度大,并且业务的不断变化更增加了进行快速构建的难度,直接影响了遥感应用业务化服务能力,从而也影响了遥感应用产业化的步伐。而遥感应用业务化服务能力的不断提高,也会不断带动遥感产业上游和中游产业的发展,从而形成我国完善的遥感应用产业链。

因此,在遥感产业的中下游的卫星遥感应用领域,急需建立业务化、网络化、一体化集成的遥感卫星应用和服务体系,以提高遥感数据共享、利用程度以及遥感业务化服务能力,完善符合我国国情的卫星遥感应用产业链,持续完整地为国家各部门提供重要决策。该体系的建立必须充分考虑各方面的现实情况和需求,从工程实施的角度,合理布局,统筹安排,制定一套适合各领域遥感信息应用的标准体系,形成一套集遥感数据获取与处理、业务应用系统集成、项目工程管理等于一体的工程方法。在这种情势下,作者及所领导的团队通过多年实施各类遥感、GIS 等重大应用集成项目经验,并依托国家改革和发展委员会的国家卫星应用高技术产业化专项项目"武汉城市圈国土资源卫星遥感综合应用高技术产业化示范工程"([2010] 37 号),从遥感信息工程的角度阐述如何考虑、实施遥感应用重大工程。

## 1.2.2　遥感信息工程的概念

目前，有关遥感信息工程还没有一个权威、准确的定义，笔者认为，遥感信息工程主要是综合利用计算机、网络等信息技术和遥感、GIS 等空间信息技术，采用工程的理论、方法，组织各类工程技术人员开展以遥感信息应用为目的的相关调研、设计、开发、集成、生产、运营等较长时间周期内协作活动的过程。因此，遥感信息工程涉及的基础技术包括计算机、通信、遥感、GIS、测量等技术；遥感信息工程涉及的对象主要包括硬件系统、软件系统、数据、人员等；遥感信息工程建设的方法主要是借助于遥感信息工程方法论；遥感信息工程所涉及的活动环节包括根据行业应用需求建立遥感信息应用模型，遥感影像数据选取和专题数据加工，面向各应用领域、各应用部门等的遥感信息应用系统的开发和集成，集成系统进行部署运营等。

## 1.2.3　遥感信息工程的特点

可以看出，与其他信息工程相比，遥感信息工程既包含遥感应用的相关理论、技术和方法，又包含信息工程的理论和方法，其主要特点如下。

### 1. 遥感信息工程涉及的技术多

遥感信息工程所涉及的技术，从计算机的角度来看主要涉及硬件技术和软件技术，其中硬件既包括遥感数据采集、存储、处理、输出的各类扫描仪器、磁带或硬盘、CPU、绘图仪等硬件设备，也包括对各类空间数据信息进行传输、共享的有线和无线网络通信设备等；软件主要有各类操作系统、空间数据库、遥感影像处理系统软件等。从空间信息技术角度看，遥感信息工程所涉及的技术主要包括 GIS、空间定位系统、遥感等技术。

### 2. 遥感信息工程涉及的周期长

遥感信息工程在开展各类遥感信息应用过程中，需要考虑前期遥感数据的获取和加工、中期的遥感影像处理系统和集成应用系统研发，以及后期的遥感信息应用运营等方面的工作，因此遥感信息工程需要研究遥感应用的需求分析、遥感信息应用方案设计、遥感信息应用集成系统研发、遥感数据加工、遥感信息应用运营等各阶段的工程方法，所有这些阶段贯穿遥感信息工程全过程。

### 3. 遥感信息工程涉及的范围广

在具体实施某一遥感应用项目时，除了需考虑遥感信息工程整个周期各阶段所涉及的技术问题外，还需要考虑遥感信息工程方法、遥感信息工程管理等。例如，针对不同的遥感信息应用，对相应遥感数据处理加工、各类空间数据集成管理、遥感信息集成系统构建与运营等需要采用一定的标准规范和工程方法；遥感信息工程管理包括遥感信息工程整个周期各阶段的过程管理、风险管理、人员管理等。

总之，遥感信息工程是随着遥感应用不断深入和扩大而产生的一种信息工程处理、管理的理论、技术和方法。正是由于遥感信息具有宏观、微观以及海量等特征，遥感在其信息的获取手段、处理方法以及应用方式方面与普通信息不同，从而使得遥感信息工程与传统的信息工程、软件工程以及地理信息工程既有联系又有区别。

# 1.3 遥感信息工程与其他信息工程

## 1.3.1 遥感信息工程与软件工程

软件工程是一门研究用工程化方法构建与维护有效的、实用的和高质量软件的过程，即主要研究软件生命周期中系统定义、需求分析、系统设计、软件编码、系统测试以及系统维护各阶段所涉及的技术和方法，它涉及程序设计语言、数据库、软件开发工具、系统平台、标准、设计模式等方面。软件工程可以理解为将系统化的、严格约束的、可量化的方法应用于软件的开发、运行和维护，即将工程化应用于软件；也可理解为研究和应用如何以系统性的、规范化的、可定量的过程化方法去开发和维护软件，以及如何把经过时间考验而证明正确的管理技术和当前能够得到的最好的技术方法结合起来。

遥感信息工程与软件工程相同的地方表现在：一是两者都是一套有关信息工程的理论、技术和方法；二是遥感信息工程中包含遥感影像处理系统软件、遥感应用集成软件等系统的开发，而这类软件的开发需要采用软件工程的方法。遥感信息工程与软件工程不同的地方主要表现在：一是两者的目的不同。遥感信息工程是以实现遥感信息应用为目的所形成的一套工程实施方法；而软件工程是以开发满足用户需求的软件产品为目的所形成的一套软件开发技术和方法。二是两者讨论的对象和过程不同。遥感信息工程主要是围绕遥感数据获取、加工处理与应用展开，涉及遥感应用的需求分析、遥感信息应用方案设计、遥感信息应用集成系统研发、遥感数据加工、遥感信息应用运营等各阶段；而软件工程主要围绕软件功能需求、设计、编码和测试等环节展开，涉及系统需求分析、系统概要设计、系统详细设计、系统编码、系统测试、系统维护等阶段。三是两者所涉及的技术不同。遥感信息工程所涉及的技术包括计算机软件、硬件技术和GIS、遥感、空间定位系统等空间信息技术；而软件工程主要涉及计算机软件开发技术。

## 1.3.2 遥感信息工程与 GIS 工程

GIS 工程是应用 GIS 系统原理和方法，针对特定的实际应用目的和要求，统筹设计、建设、优化、评价、维护实用 GIS 系统的全部过程和步骤的统称，也称 GIS 实用工程。从 GIS 特点来看，它具有一般工程所具有的共性，同时又存在自身的特殊性。在一个具体 GIS 系统的开发建设过程中，需要领导阶层、技术人员、数据拥有单位、各用户单位与开发单位的相互协调合作；GIS 工程涉及项目立项、系统调查、系统分析、系统设计、系统开发和维护多阶段的建设，需要进行资金调拨、人员配置、开发环境配置和开发进度控制等多方面的组织与管理。GIS 工程中涉及因素众多，主要可分为硬件、软件、数据和人。形成一套科学高效的方法，发展一套可行的开发工具，进行 GIS 的开发与建设，是获得理想 GIS 产品的关键和保证。

遥感信息工程与 GIS 工程的相同之处主要是两者均有一套有关空间信息应用的工程理论、技术和方法；遥感信息工程与 GIS 工程不同的地方主要表现在：一是两者的目的不同。遥感信息工程是以实现遥感信息应用为目的；而 GIS 工程以实现 GIS 应用为目的。二是两者研究的对象不同。遥感信息工程主要是围绕遥感数据展开；而 GIS 工程主要围绕 GIS 数据展开。虽然 GIS 数据中通常包含矢量和栅格遥感数据，但通常 GIS 工程中只是将经过处理后的遥感数据产品作为其数据源，而遥感信息工程则包含遥感数据的获取、处理、传输以及应用等。三是两者所涉及的应用方式不同。通常情况下，GIS 工程所涉及的应用主要是针对 GIS 的应用；而遥感信息工程中所涉及的应用通常是集成应用。它常常包括对已有信息系统、GIS 系统、空间定位系统等的集成应用。四是两者所涉及的技术不尽相同。遥感信息工程中包含的技术有遥感、GIS 以及空间定位系统技术；而 GIS 工程一般主要涉及的是 GIS 相关技术。

# 1.4  遥感信息工程的意义

遥感信息工程是涉及前期的遥感数据获取和加工，中期的遥感影像处理系统和集成应用系统研发，以及后期的遥感信息应用运营等的一套理论、技术和方法。而卫星遥感数据获取、加工和应用领域在整个遥感产业中处于中下游，利用遥感信息工程的技术方法将有助于在各行业建立业务化、网络化、一体化集成的遥感卫星应用和服务体系，以提高遥感数据共享、利用程度以及遥感业务化服务能力，从而完善符合我国国情的卫星遥感应用产业链，持续完整地为国家各部门提供重要决策。

另外，利用遥感信息工程的技术和方法可以指导国家各行业大型遥感信息应用项目建设，节省大量的人力、财力以及物力等，并促进我国遥感的产业化和遥感在气象、地矿、测绘、农林、水利、海洋、地震等行业更深入、更广泛的应用。这必将推动我国空间信息产业结构的调整，带动以空间信息为核心的相关领域和产业的快速发展，并在维护国家安全、服务社会和民生、加速我国经济建设发展与促进和谐社会建设等方面具有积极意义。

# 第 2 章　遥感信息工程方法论

## 2.1　方法论和工程方法论

### 2.1.1　方法论内涵

中国有句古话叫"工欲善其事，必先利其器"，意思是说要想做好一件事情，工具和方法很重要。在人类科学研究和发展的历史进程中，解决问题的"方法"一直是被人们重视并研究的，并已经成为一门理论——方法论。

方法论是关于认识世界和改造世界方法的理论，是在某种世界观指导下的认识世界和改造世界过程中的方法运用，故方法论同世界观是一致的，有什么样的世界观就有什么样的方法论。所以方法论首先是一个哲学问题，是利用哲学的、普适的理论和思想指导认识世界与改造世界活动过程中的总体原则及思路。

在现代学科分类中，方法论被划归于技术哲学的范畴。在我国学术界，"科学技术哲学"是哲学下面的一个分支学科，而技术哲学是科学技术哲学的组成部分（王前，2009）。按研究内容的不同，方法论可分为哲学方法论、一般科学方法论、具体科学方法论（郑凤，2007）。关于认识世界、改造世界、探索实现主观世界与客观世界相一致的最一般的方法理论是哲学方法论；研究各门学科，带有一定普遍意义，适用于许多有关学科领域的方法理论是一般科学方法论；研究某一具体学科，涉及某一具体领域的方法理论是具体科学方法论。三者之间的关系是互相依存、互相影响、互相补充的对立统一关系。哲学方法论是一般科学方法论和具体科学方法论的概括和总结，并对这两者有指导意义；同时一般科学方法论和具体科学方法论为哲学方法论提供着日益丰富的内容。

方法论创新是学科发展最为关键的途径，没有方法论的引导就没有科学方法的创新（巢纪平，2009）。随着科学研究的逐步深入和工程技术的不断发展，科学的方法论越来越显示出它在科学认识中确立新的研究方向、探索各部门的新生长点、提示科学思维的基本原理和形式的作用。尤其对于科学研究，方法论有着巨大的意义（卢之超，1993）。纵观学科发展历史，任何学科在理论和技术上的重大突破或"革命"都离不开方法论的支持。

本书所讨论的方法论属于具体科学方法论的范畴，在哲学方法论和相关的工程方法论、信息工程方法论指导下，对遥感信息工程建设和实施过程中的理论和方法，以及各种方法的相互关系进行研究。

### 2.1.2　工程方法论

工程就是将自然科学的理论应用到具体生产领域中而形成的各学科的总称（王连成，2002）。所谓工程方法论就是将一般方法论应用到工程领域，指导工程应用和实施的方法。在工程中指导工程设计和实施的相关"科学知识"和"技术手段"以及"有组织的活动"就形成了该工程的方法论。在科学的工程方法论指导下，工程处理和实施可以起到"事半功倍"的效果。

工程方法论，是从哲学根本原理具体化和从科学技术原理提炼、概括而成的一个开放的、发展的方法论体系和框架。它吸收了现代科学中系统论、信息论、控制论、科学学等的有关内容和相关新兴边缘学科的若干原理，是马克思主义哲学指导科学实践的产物。刘继提出工程方法论共包括既互相联系、又相对独立的"九论"——心理论、逻辑论、定量论、发展论、联系论、系统论、历史论、决策论、美学论，以及100多条原理、效应和方法。这"九论"是一个整体，"九论"之间有着复杂的、有机的联系。在这中间，心理论居于中心位置，也就是拥有什么样的世界观的问题，在这种世界观指导下的主体选择用何种途径和方法对客体进行活动。同时，逻辑论和定量论占据着非常重要的位置，并且与心理论之间也有着紧密的联系。其他学科不仅是在某种心理支配下的产物，同时也是对学科形成和发展做出解释的源泉。发展论、联系论和系统论是认识辩证法对立统一规律、质量互变规律和否定之否定规律等关于自然、社会和思维发展普遍规律的重要工具。历史论是与发展论密切相关的，是认识的重要工具之一，在研究科学问题及相互关系时必须采取历史的方法，不能抛开发展孤立地研究问题。决策论是认识世界和改造世界的重要手段，在工程中就包括决策和预测模型等。美学论是指存在于人类实践活动中的协调、简单、统一的美学规律，这些规律也是认识世界的重要工具，现代科学技术中的很多创新都受益于此。工程方法论的这九论是一个整体，在工程的设计、建设、实现和运营过程中必须用以这九论为基础的工程方法论来指导（刘继，1986）。

工程方法论的观点就是把研究对象放到与其周围事物相互制约、相互联系、相互作用的关系中去考察，用系统层次规律去考察工程的系统性和层次性，考察工程整体与单个要素、要素与要素、工程整体与环境的矛盾运动，并且运用事物状态发展规律去考察整个过程中物质形态的转化运动（刘继，1987）。

## 2.2 信息工程方法论

随着信息技术的发展，20世纪60~70年代，分散开发所带来的严重后果开始显现：当对原先的软件进行修改、重新组织数据或将子系统组织成一个大系统时，所耗费的人力和资金竟比重新建立还要多，有时甚至无法通过维护和修改来升级、改造系统，系统维护问题阻碍了数据处理的发展（钱汉臣，1995）。

针对这种现象，以詹姆斯·马丁（James Martin）为代表的美国学者对这一时期数据处理发展的经验进行了总结，结合有关数据模型理论和数据实体分析方法，总结了建造大型复杂信息系统所需要的一整套方法和工具，提出了以信息工程方法论（information engineering methodology，IEM）为指导建设高效率、高质量的复杂信息系统（James and Clive，1981；James，1989）。IEM方法已经成为国际上信息系统建设的主流方法论之一（祁仁玲，1995）。

信息工程方法论强调的主要内容有：

（1）数据是稳定的，处理是多变的。在信息工程建设中通过有效方法建立稳定的数据模型来适应管理或业务处理上的变化，使之能被计算机信息系统所适应，这正是面向数据方法灵活性的体现。

（2）最终用户参与整个工程。在系统从构思、规划到设计、实施的每一阶段都应该有了解业务过程和管理需求的最终用户参加，只有这样才能保证建成系统的实用性。

（3）自顶向下规划和自底向上设计。自顶向下规划可以从整体上对信息系统进行部署，从而保证各子系统的协调和通信通畅；自底向上设计有助于发现和理解系统中的需求，前一阶段的设计工作能够为后续工作提供基础。

（4）"以数据为中心"，而不是"以应用为中心"进行系统开发。根据"数据稳定性原理"，坚持把数据放在现代数据处理的中心，并以此为原则进行系统开发以保证系统核心的稳定性及日后的可扩展性。

信息工程方法论中把信息系统的系统分析与设计过程划分为四大步骤：制定信息战略规划、业务领域作详细分析、系统设计和系统构建（徐赞和李铭，2003）。具体来说又可划分为相互联系的13块构件进行信息工程建设（高复先，1988），如图2-1所示。首先，应该从企业的整体着手，建立企业模型及战略数据模型；其次，运用自顶向下方式，通过对系统建设中相对稳定的实体关系进行分析，建立主题数据库模型；第三，利用生成的软件工具及编程语言进行处理过程生成、数据应用分析、分布分析、物理数据库设计、原型设计和结构化程序设计等。在信息工程建设中要注意的是：必须在信息工程构筑起的计算机化的企业框架内独立地开发各个系统；在工程实施的各个阶段都应该用计算机化的工具以快速创建和修改各个系统；必须应用信息工程方法论开发企业级的信息系统，使分别建立的各个系统协调一致，最大限度地使用可重用技术；在系统建设

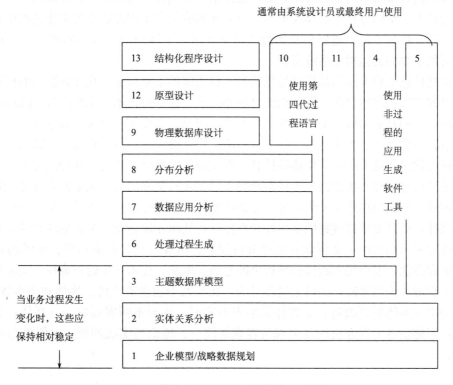

图2-1　信息工程方法论（高复先，1988）

中企业最高管理者必须参加和领导信息战略规划的制定，要求最终用户参与系统建设并发挥其业务专长；信息系统是要长期发展的，应该确定有助于企业战略目标实现的计算环境，使系统适应信息需求的变化（张友生，2010）。

# 2.3　遥感信息工程方法论内涵

遥感信息工程是涉及前期遥感数据的获取和加工、中期的遥感影像处理系统和集成应用系统研发，以及后期的遥感信息应用运营等的一套理论、技术和方法。然而关系到遥感信息工程发展走向关键问题的遥感信息工程方法论并没有随着遥感影像大型行业应用的增多而建立和完善。本节试图在方法论、工程方法论和信息工程方法论基础上，结合遥感信息工程的特色，总结出一套适合当前和今后一段时间应用的遥感信息工程方法论。

遥感信息工程方法论是跨越哲学和遥感信息工程的桥梁，遥感科学是认识世界的学问，遥感信息工程方法论是改造世界的学问。遥感信息工程方法论是在工程方法论和信息工程方法论的通用原则下，针对遥感信息工程涉及的技术多、工程周期长、涉及范围广等特点建立的一种普适的系统设计、系统建立、系统集成、数据处理流程及具体处理方法的思路。

遥感信息工程方法论把信息工程方法论的思想、理论和科学的方法论与遥感行业应用进行了有机的结合，使遥感信息工程的应用更加理论化、科学化。遥感信息工程方法论是多学科、多技术的综合应用，如遥感技术、空间数据采集技术、通信技术、空间信息处理技术、空间分析理论和技术等。所以在遥感信息工程方法论的实施过程中，除了掌握工程、信息工程、遥感信息工程的科学方法，工程应用的基本知识、基本技能以外，更加重要的就是树立系统意识。

遥感信息工程方法论是指导遥感信息工程实施的重要依据，在此方法论的指导下能够建立起解决问题的思路；设计出结合遥感技术、计算机技术、GIS 技术、信息技术及工程所涉及的其他领域技术的系统融合方法；协调工程在需求分析、方案设计、集成系统开发、数据加工、系统运营等各个阶段的工作；确定进行信息提取这一遥感信息工程核心任务的最优化方法；产生遥感信息工程领域新的概念、法则、理论或方法。

遥感信息工程方法论首先应该秉承马克思主义哲学方法论，从宏观上思考和解决遇到的问题。遵循马克思主义哲学这一完整的世界观和方法论科学体系，不仅要坚持观察的客观性，而且要坚持观察的全面性和整体性，从而才能客观、全面地从整体上解决问题。还要应用马克思主义哲学方法论分析问题、指导行动，形成科学、正确的研究思想、研究方法。要应用实践检验所提出的思想、思路、技术方法的正确性。实践是遥感信息工程方法论的基础，同时也是其目的，在实践中包含着主体、客体和主客体关系，实践使得主客体得到改造，主客体关系得到协调，从而不断实现统一（郑凤，2007）。因此，遥感信息工程方法论是主观与客观的统一、理论与实践的统一、偶然与必然的统一。

## 1. 遥感信息工程建设的总体原则

遥感信息工程方法论就是要从工程实践的角度，用科学的工程管理方法来指导遥感信息工程的建立和实施，从而使得遥感信息工程和土木工程、建筑工程等一样具有一套科学化的、标准化的、可移植性强的、有严格的质量标准和工程进度控制的操作规范与技术规程。遥感信息工程实施时应该是"自顶向下"规划、"自底向上"设计。

在遥感信息工程建设中，所有的工作都围绕数据展开；在遥感数据库中，数据结构是稳定的，在此基础上产生多变的业务流程，并且在系统的任何阶段都要从用户的角度出发进行系统的设计与建设。

## 2. 遥感信息工程的建设流程

遥感信息工程的建设是一个从分析到设计到集成到应用的过程，通常遥感信息工程建设流程见图 2-2。首先进行工程调研，广泛收集用户的使用要求，使得"最终用户真正参加信息系统的开发"，根据调研结果编制工程标准与规范、进行人员的安排、设计工程建设的内容；在设计时根据调研结果确定数据特征，不仅要进行系统设计和数据库

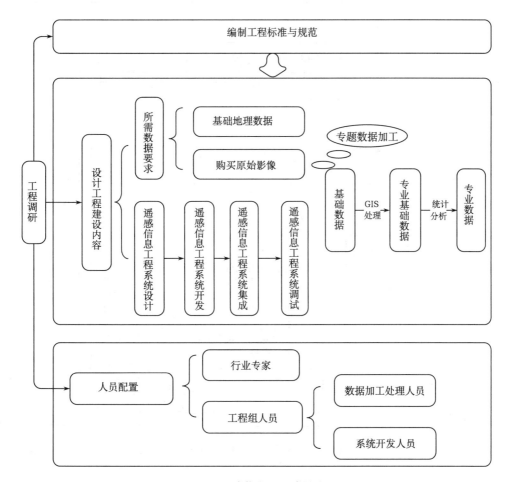

图 2-2　遥感信息工程建设流程

设计，还要充分考虑到系统各个模块之间的连接和数据交换，保证接口的畅通；然后进行系统的开发、集成和调试、应用。在模块实现和系统集成过程中应该以数据为中心，而不是以处理为中心。

3. 遥感信息工程的构建体系

遥感信息工程构建主要是根据数据处理流程来进行的，首先根据应用领域确定数据、要实现的功能，进行数据采集；其次进行专题数据的从原始影像、基础数据、专业基础数据到专业数据的加工处理；然后在基础模型、专业基础模型和综合应用模型的基础上组建模型；接着进行遥感专业数据处理；最后与 GIS 系统等进行集成应用。如图 2-3 所示。

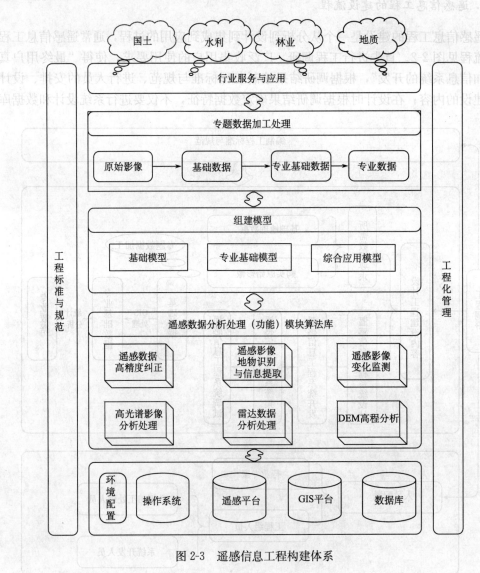

图 2-3　遥感信息工程构建体系

在整个构建流程中，要始终遵循工程标准与规范，并采用工程化管理项目实施。很多成功的工程案例启示我们，只有"标准先行"才能建立一个高效、优秀的工程系统。遥感信息工程的建设也不例外，在系统设计与建设过程中的各个环节都要严格按照标准和规范进行，这些标准和规范可以是现有的，也可以是根据具体应用新建的，但总体原则是尽量和国际标准、国家标准一致，即向上兼容。只有在标准的约束下，才能形成符合行业应用的、便于数据交换的、方便程序移植的、利于系统扩展的、促进系统集成的一套理论和方法。

科学、完善的管理体制在整个遥感信息工程建设实施过程中也是必不可少的，管理体制包括过程管理、质量管理、风险管理、人员管理、信息管理和管理集成。过程管理是指科学的工程计划、精确的成本估算、合理的进度管理和及时的问题跟踪。对于遥感这样的空间数据应用，只有在工程的各个环节执行严格的质量管理，才能生产出合格的数据产品。风险管理的目的在于识别遥感信息工程生命周期中可能发生的风险、衡量这些风险的影响以及制定风险发生时的应对计划。遥感信息工程的设计、实现、应用等各个方面都离不开人，人员管理指合理安排各方面人员的工作内容、工作时间以及人员之间的工作衔接，并通过科学的管理制度最大限度地挖掘工程队伍的人才潜能，充分发挥人员的主观能动性。信息管理包括工程的文档管理和信息安全问题，工程的各阶段要形成清晰、明确、规范的文档，为工程的建设和后期升级、维护提供依据，同时要根据不同密级保证数据产品的安全性。

总之，只有在遥感信息工程方法论指导下，始终以国际、国家或行业标准等规范数据流程中的各项操作，执行严格的质量控制和管理体系，采用科学的项目管理方法和流程，才能顺利、高效地完成大型遥感信息工程项目的建设。

# 第3章 遥感信息工程技术基础

遥感信息工程具有工程涉及面广、工程周期长、应用技术多、协作部门多等特点，这其中关系到遥感技术、GIS 技术、空间定位技术和集成技术等，是整个遥感信息工程的技术基础，本章对这几项技术做简单介绍。

## 3.1 遥 感 技 术

### 3.1.1 数 据 选 择

目前，全球已发射几百颗遥感卫星，每颗卫星搭载一个或数个传感器，能够提供大量的遥感数据。在遥感信息工程应用中常见的传感器平台大多是中等高度、近圆形、近极地、太阳同步、可重复轨道的卫星，这些卫星的轨道高度从 450km 到 918km 不等；所搭载的传感器从多光谱传感器、全色传感器、红外传感器，到高光谱传感器以及微波传感器；数据的分辨率从 0.46m 到 240m 不等；数据的获取周期从 1 天到 140 天不等。

进行遥感数据选择时根据使用目的和要求主要考虑数据的空间分辨率、光谱分辨率、辐射分辨率和时间分辨率等几项指标。空间分辨率指遥感影像能够分辨出的地面最小尺寸，即一个像元对应地面的面积，通常取决于遥感器的感光设备。光谱分辨率指传感器在接收目标辐射的波谱时能分辨的最小波长间隔，间隔越小则分辨率越高，间隔越大则分辨率越低。辐射分辨率指传感器在接收目标辐射的波谱信号时能分辨的最小辐射度差，通常表现为灰度量化级。时间分辨率指卫星传感器重复获得同一地区影像的最短时间间隔，也称覆盖周期或重访周期。在遥感信息工程应用时根据使用目的、项目预算等进行数据的选择。例如，进行农作物估产时，最好选取 $0.78 \sim 0.89 \mu m$ 波段的数据；又如，对大范围的地物进行统计时，可选取分辨率较低的数据，既满足精度要求又可节约成本；当应用的实时性要求较强时，如灾害监测，则要选取重访周期短的遥感数据。

遥感数据按照空间分辨率的不同可分为高分辨率卫星数据、中分辨率卫星数据、低分辨率卫星数据。表 3-1 列出了这几种分辨率卫星数据的区别、主要用途和常见传感器。

表 3-1　不同分辨率遥感数据的用途

| 类　　型 | 空间分辨率/m | 主要用途 | 常用卫星或传感器 |
| --- | --- | --- | --- |
| 高分辨率卫星数据 | 5～10 | 城市、地籍、规划、测绘、工程、资源详查和监测等 | IKONOS<br>QUICKBIRD<br>WorldView<br>SPOT5-PAN |

| 类　　型 | 分辨率/m | 主要用途 | 常用卫星或传感器 |
|---|---|---|---|
| 中分辨率卫星数据 | 10～80 | 资源调查、环境监测、农业、林业、地质矿产、水利等 | LANDSAT-MSS/TM/ETM<br>RADARSAT<br>SPOT<br>CBERS |
| 低分辨率卫星数据 | 80 以上 | 区分植物类型，评估作物长势，区分人造地物类型 | LANDSAT-MSS8,<br>LANDSAT-TM6 |

　　遥感传感器工作波段都集中在"大气窗口"，不同的波段对不同的地物类别敏感，应用中根据应用目的选择数据的波段。表 3-2 中列出了从 $0.45\mu m$ 到 $12.5\mu m$ 波段数据的主要用途。

表 3-2　不同波段遥感数据主要用途

| 波段/$\mu m$ | 用　　途 | 常见传感器 |
|---|---|---|
| 0.40～0.45 | 植物鉴定和分析，基于叶绿素和渗水的深海探测 | WorldView-2 |
| 0.45～0.50（蓝） | 判别水深，水中泥沙，近海水域制图，识别针叶林 | LANDSAT-TM<br>LANDSAT-ETM+<br>IKONOS<br>RADARSAT-MSS<br>QUICKBIRD<br>WorldView-2<br>CBERS-CCD |
| 0.50～0.60（绿） | 区分植物类型，评估作物长势，区分人造地物类型 | LANDSAT-TM<br>LANDSAT-ETM+<br>SPOT2/4/5<br>IKONOS<br>RADARSAT-MSS<br>QUICKBIRD<br>WorldView-2<br>CBERS-CCD |
| 0.60～0.70（红） | 区分植物种类、农作物种类，地质解译，岩石与矿物，识别石油带，水中泥沙流的探测 | LANDSAT-TM<br>LANDSAT-ETM+<br>SPOT2/4/5<br>IKONOS<br>RADARSAT-MSS<br>RADARSAT-AVHRR<br>QUICKBIRD<br>WorldView-2<br>CBERS-CCD |

| 波段/μm | 用　　途 | 常见传感器 |
|---|---|---|
| 0.70~0.89（近红外短波） | 生物量调查，作物长势评估，农作物估产，探测土壤含水量，探测水体边界 | LANDSAT-TM<br>LANDSAT-ETM+<br>SPOT2/4/5<br>IKONOS<br>RADARSAT-MSS<br>RADARSAT-AVHRR<br>QUICKBIRD<br>WorldView-2<br>CBERS-CCD |
| 0.56~1.04（近红外2） | 植物分析和单位面积内生物数量的研究 | WorldView-2 |
| 1.55~1.75（近红外中波） | 探测植物含水量，土壤湿度，区分云和雪 | LANDSAT-TM<br>LANDSAT-ETM+<br>SPOT4/5<br>CBERS-IRMSS |
| 2.08~2.35（近红外长波） | 城市土地利用与制图，岩石与矿物探测 | LANDSAT-TM<br>LANDSAT-ETM+ |
| 3.55~3.93 | | RADARSAT-AVHRR |
| 10.4~12.5（热红外） | 区分农、林覆盖类型，表面湿度，水体，岩石，热测量与制图 | LANDSAT-TM<br>LANDSAT-ETM+<br>RADARSAT-AVHRR |

遥感影像数据时间分辨率主要根据研究对象时间序列的变化来选择。例如，根据研究对象自然规律的时间，进行农作物监测时，考虑农作物农时、拔节期、氧化期、乳熟期等的生长周期采集数据；或者根据社会经济现象的时间考虑，在进行城市研究时根据城市发展周期确定数据的回访周期。

由于当前还没有能够兼顾空间分辨率和光谱分辨率的遥感传感器，当需要的遥感数据既要求空间分辨率高又要求光谱分辨率高的时候，就需要选择两种影像进行融合使用，以达到二者兼顾的目的。

## 3.1.2　数据处理软件选择

随着数字化遥感影像数据的普及，遥感影像的计算机处理成为应用中的主要处理方式。利用功能丰富的遥感数据处理软件对遥感影像进行处理和分析已经成为应用主流。目前常用的遥感影像处理软件中，国际上通用的如美国 ERDAS（Earth Resource Data Analysis System）公司开发的 ERDAS IMAGINE（后被 Leica 公司收购）、美国 RSI 公司开发的 ENVI（The Environment for Visualizing Images）、加拿大 PCI 公司开发的 PCI；国产的遥感图像处理软件主要有武汉中地数码科技有限公司开发的 MapGIS K9 遥感影像处理平台、国家遥感应用技术研究中心开发的 IRSA、原地质矿产部三联公司开发的 RSIES 等。

　　这些软件各有特点，总体上国外软件的功能相对强大一些，但其英文界面不太适合我国用户的习惯，坐标系缺少国内通用的北京/西安坐标系，且价格较昂贵；国产软件具有界面友好、价格便宜、容易掌握等特点，但相比之下功能有待于进一步完善。

　　在遥感信息工程应用中根据应用目的、内容、工程预算等，结合软件的特点选择遥感处理软件。ERDAS 是一个高度模块化的软件，以工具箱的形式放置各项功能，这些功能模块不互相牵制，在应用时可以单独调用各项功能。ERDAS 提供建模工具可以让用户很方便地建立自己的流程化的数据处理模型。ENVI 具有 Windows 风格的界面，以菜单形式提供各项功能。ENVI 在定量遥感和高光谱、雷达数据的处理方面功能较强。由于 ENVI 是采用 IDL 开发的，其二次开发语言也是 IDL，因此二次开发和定制方便、可扩展能力强。PCI 在同一界面下将遥感、GIS 空间分析、专业制图功能集成到一起，方便用户使用，更适合于影像制图。

　　MapGIS K9 遥感影像处理平台是新一代的大型遥感影像处理、数据管理发布的工具，具有功能丰富、界面友好等特点，尤为突出的是它在数据中心集成开发平台的架构思想下提供了一组不同粒度的、功能强大的组件，能够让用户实现"零编程"建立不同复杂度的遥感数据处理模型，甚至开发自己的模型。并且 MapGIS K9 遥感影像处理平台与 MapGIS 平台无缝融合，能够更好地完成数据可视化、GIS 空间分析与地图制图。

## 3.1.3　数据基础处理

　　遥感影像应用的最终目的就是对影像上的目标进行正确识别，进而完成复杂的空间分析，而大气、辐射、云层、传感器等各种各样的因素会降低影像信息提取的能力，因此几乎所有的遥感数据在接收之后、使用之前都要进行一些基础的处理，如去噪、纠正、增强等，其目的就是采用一系列技术消除或减小由于大气、辐射、云层以及传感器等原因对遥感源数据产生的影响，以改善图像的视觉效果，满足某些特殊分析的需要。遥感预处理、遥感数据增强以及基础的遥感数据信息提取等基础处理也是所有遥感影像处理软件所具有的基本功能。

　　遥感信息预处理主要包括辐射校正、几何纠正、图像拼接、投影变换、分幅裁剪等。遥感影像预处理是为了提高影像的质量，提高影像分析的准确度，但在实际操作中，由于预处理后的数据相对原始数据发生了改变，又会对影像分析的结果产生影响。因此是否进行预处理、进行哪些预处理、用什么样的方法进行预处理、预处理的步骤等要根据遥感影像的类型以及遥感影像应用的目的和精度决定。这样才能达到遥感信息提取的最佳效果，提高分类精度。

　　遥感影像增强处理算法主要有彩色合成、密度分割、亮度变换、图像间运算等。由于云层、阴影等的影响，遥感影像在清晰度上会有所降低，遥感影像增强的目的就是为了提高影像的清晰度，扩大图像中不同物体特征之间的差别，将图像转换成一种更适合于人或机器进行解译和处理的形式。其原理是通过一些算法对原图像附加一些信息或变换数据，有选择地突出图像中感兴趣的特征或者抑制（掩盖）图像中某些不需要的特征，以提高图像的使用价值。图像增强并不强调图像保真度，因此在图像增强过程中，不必分析图像降质的原因，处理后的图像也不一定逼近原始图像。图像增强的效果是相对的，这与遥感影像原始数据特征和增强的算法有关，所以在实际工作中根据数据源、使用目的选择合适的算法。

遥感影像信息提取指从已经过预处理、增强后的影像提取出用户感兴趣的地物。常用的遥感信息提取方法有两大类：目视解译和计算机信息提取。目视解译是指用户通过肉眼对纸质的或电子的遥感影像进行阅读，从中提取出感兴趣的地物；而计算机分类是利用计算机根据影像中地物的特征灰度值，通过对像元灰度值的统计、运算、对比和归纳等来自动分类。

# 3.2 GIS 技 术

在遥感信息工程应用中，遥感影像作为一种空间数据，应用的最终目的是辅助空间决策，而大多数遥感影像处理软件是针对栅格形式的遥感影像进行预处理、增强、信息提取等应用而开发的，当需要对遥感影像联合其他矢量数据进行分析，或进行空间分析、地图制图等应用时，遥感处理软件则显得力不从心。因此，在遥感信息工程的建设、实施过程中，有必要，也必须应用 GIS 技术来保证遥感数据应用的完整性。在遥感信息工程中应用到的 GIS 技术主要包括空间数据可视化技术、数据管理技术、空间分析技术和其他技术。

## 3.2.1 空间数据可视化技术

空间数据可视化存在于 GIS 数据处理的各个方面，从数据载入、数据编辑、数据管理、空间分析，到制图输出的每一步都需要可视化显示。二维空间数据可视化在 GIS 中已经是非常成熟的技术了，经过遥感处理的遥感影像在 GIS 中能够以二维栅格数据显示，也能够转换成矢量格式数据进行显示，并且遥感数据层能够和其他的栅格、矢量、影像、DEM 等图层叠加，联合起来描述感兴趣区域。目前 GIS 三维数据可视化技术也日趋成熟，采集了高程信息的遥感影像能够生成 DEM 在 GIS 中以三维的形式显示并漫游。同时，四维和多维数据的可视化方法与技术正在积极研究中。

## 3.2.2 数据管理技术

GIS 具有海量数据管理功能，能够将在遥感处理软件中离散的、无关联的、海量的、单幅遥感影像根据一定的规则存储在空间数据库中，并以空间索引来提高影像管理和检索的效率。在大型 GIS 的数据管理中，大多采用对象-关系型的数据管理模型，多库一体化的管理模式来综合管理各类空间和非空间数据。即采用支持空间数据管理的商用的对象-关系数据库来统一管理不同比例尺的矢量数据库、栅格数据库、影像数据库和 DEM 数据库。通过 GIS 的数据管理功能，在包括遥感影像在内的空间数据和非空间数据应用时，将大大提高数据检索、显示、分析等的效率。

### 3.2.3　空间分析技术

遥感影像信息提取的目的是辅助空间决策，但遥感处理软件的主要工作是对影像的基础处理和信息提取，缺少复杂的分析功能，也无法完成遥感数据和其他数据的联合分析，因此要完整而全面地实现遥感数据的价值，对其进行空间分析必不可少。空间分析技术是 GIS 区别于其他信息系统的最大特点，也是 GIS 中空间数据应用的核心。GIS 中空间分析技术主要包括空间数据查询、检索，统计分析，叠加分析，缓冲区分析，网络分析；一些 GIS 软件还提供了特殊的分析功能，如地统计分析、行业分析等。并且 GIS 灵活的二次开发方法也方便用户开发有针对性的分析功能以及与其他系统进行集成。

### 3.2.4　其 他 技 术

除了以上几种技术外，要保证遥感影像的完整应用，还需要 GIS 的数据处理技术和地图制图技术。在遥感影像应用中，有时需要将遥感影像转换成矢量格式的数据，这就要用到 GIS 中的矢量化技术进行栅格和矢量数据的转换以及数据编辑功能进行数据的误差处理、校正和错误编辑。

遥感信息工程应用的成果往往会以图的形式表现，可以是地图、地图集或遥感影像图或图集。地图或地图集的编辑、出版必须借助 GIS 的地图制图技术。通过 GIS 能够实现灵活、方便、美观的地图和地图集的排版与输出。

## 3.3　空间定位技术

所谓空间定位是指确定物体在某个坐标空间的精确位置，当前空间定位除了测量仪器定位以外，最常用的还是卫星定位技术。现在全球卫星定位导航系统（GPS）已经和地理信息系统（GIS）、遥感（RS）并称为"3S"，并且已广泛应用于测绘、地籍、城市、交通等多个领域。在遥感信息工程应用中，不仅数据采集、处理的多个阶段都需要借助空间定位技术的支持，如传感器空间位置、姿态参数的确定、遥感影像的配准、空间地物的定位等，而且在应用上也趋于"3S"结合的应用。

### 3.3.1　精 密 定 位

全球卫星定位导航系统根据其卫星和参数的不同，其定位精度不同。现有的四套全球卫星定位导航系统分别对军用和民用发布不同精度的数据，在遥感信息工程应用广泛的民用领域，不同的卫星导航定位系统的定位精度也不同。但总体上，根据定位方法不同，单点定位的精度稍低，大多在 10m 左右；而采用两台或两台以上全球卫星定位导航系统接收机的差分定位方式的精度可以达到厘米，甚至毫米级，这样的精度基本可以满足遥感信息工程应用。除了差分定位方式，地基、空基增强网，广域增强网，多模组合，多频组合等方式也能够提高定位精度，在卫星发送信号的同时计算并发播卫星轨道和钟差的实时修正数与广域的电离层实时修正数都能够提高空间定位的精度及可靠性。

在遥感信息工程应用中，除了上游的遥感平台定位，遥感线路定位需要全球卫星定位导航系统的确定，中游数据处理的遥感影像配准、影像镶嵌等需要精确定位的控制点，下游的数据应用中常常也需要利用全球定位导航系统的精确定位，如军事、航海、交通等需要对地物或交通运输工具进行精密定位的"3S"集成应用。

### 3.3.2 实 时 定 位

直接利用全球卫星定位导航接收机接收的信号进行实时定位的精度相对较低，如果要快速、精确地进行实时定位，除了已知的差分定位技术，广域差分 GPS（wide area differential GPS，WADGPS）、实时动态差分法（real time kinematic，RTK）、网络实时动态差分法（NetworkRTK）、精密单点定位（precise point positioning，PPP）等技术都能够进行更快捷、更实时、更高动态、更大规模的空间定位。

### 3.3.3 定位系统融合

众所周知，目前全球有四套卫星定位导航系统：美国的 GPS、俄罗斯的 GLONASS、欧盟的 GALILEO 和中国的 COMPASS（北斗）。这四套系统目前是独立运行的，各有优势，随着大型系统，如遥感信息工程的建立和应用，可能会有多种数据源及数据需求，这就要求结合这几套系统数据的优势，最大化地产生效益。这是一个涉及军事、政治、科技等多方面的复杂问题。

在技术方面，要解决多个卫星导航系统的交互重叠、竞争与互补，不仅要考虑卫星导航体系的更新、升级，还要对其指标体系有更多的研究和探索。使其不仅能够在定位导航系统之间融合，而且能够和其他定位方式融合，如 WIFI、UWB、RFID、Zigbee 等无线定位技术以解决室内外无缝定位的问题。

## 3.4 集 成 技 术

集成是指根据用户需求，优选各种技术和产品，将各个分离子系统连接成为一个完整、可靠、经济和有效的整体，并使之能彼此协调工作，发挥整体效益，达到整体优化的目的。

遥感信息工程涉及的相关单位多、相关设备多、相关软件多、数据种类多、相关人员多，各个单位应用的硬件、软件系统不尽相同，系统架构也有区别，在遥感信息工程建设中，必须以科学的方法和手段耦合、协调、共享这些硬件、软件、数据和人员，以避免浪费资源、重复采集信息、出现信息孤岛，导致处理效率低下。

## 3.4.1 集成原则

**1. 质量事前控制原则**

遥感信息工程建设是一个高技术、高投入的建设过程，任何由质量问题引起的工程变更必然产生巨大的投资浪费和工期拖延。所以，在集成过程中应该始终坚持质量的事前控制原则，制定工程规范和标准、数据检验的指标。坚持事前控制原则的关键在于准确了解用户需求，科学地进行信息系统设计。

**2. 标准化原则**

在遥感信息工程建设和实施过程中要遵循的标准主要是遥感信息工程技术标准和管理标准，其中信息技术标准阐述了遥感信息工程加工的产品和成果、系统设计、系统实现、系统维护、技术操作规程，以及整个系统所应该遵循的技术规范；而管理标准则规定了工程建设中的进度和人员所应该遵循的行为规范。这些标准为建设高质量的遥感信息工程系统提供了科学的依据。

**3. 一致性原则**

在集成的不同层面，包括硬件、软件、数据、应用系统、人员等多个层面内容上，要保持标准、规范、接口、界面等的一致，具有统一的用户角色和功能模块权限控制，形成一个逻辑严密的整体。

**4. 满足用户需求原则**

遥感信息工程建设的首要任务是满足用户的需求，建成的系统应该在硬件、软件以及操作习惯上符合用户的业务功能需求、性能要求。新系统的建立必须充分考虑和兼容旧系统的软件、功能、数据，最大限度地为用户节约资金，在不影响应用的前提下尽可能地根据用户的使用习惯设计、开发并集成新系统，并在系统建设中预留充分的接口以方便系统的扩充。

## 3.4.2 集成主要内容

遥感信息工程集成主要包括设备系统的集成、系统平台集成、数据集成、应用系统的集成、系统环境集成等方面的内容。

**1. 设备系统集成**

设备系统集成是指以搭建组织机构内的信息化管理支持平台为目的，利用综合布线技术、楼宇自动控制技术、通信技术、网络互联技术、多媒体应用技术、安全防范技术、网络安全技术等将相关设备、软件进行集成设计、安装调试、界面定制开发和应用支持。

## 2. 系统平台集成

系统平台集成是指在大型面向业务的跨部门、跨平台、综合性、多层次与多领域的遥感应用中针对系统平台的框架、功能、接口、功能模块等对系统平台进行集成，形成能够在分布式异构环境下支持海量影像与矢量数据及其他空间、非空间数据的存储、管理；支持多种遥感和 GIS 平台的兼容；支持遥感信息应用系统快速搭建和灵活的、扩展方便的、可视化的、零编程的系统搭建集成平台。

## 3. 数据集成

数据集成是指将来自航空、航天的多光谱、高光谱、激光雷达等多种光谱分辨率、几何分辨率和时间分辨率的多源遥感数据，以及其他 GIS 矢量数据、文档、数据库表格等各类异构空间和非空间数据通过中间件技术来联合应用。

## 4. 应用系统集成

应用系统集成是指以系统的高度为客户需求提供应用的系统模式，以及实现该系统模式的具体技术解决方案和运作方案，即为用户提供一个全面的系统解决方案。

## 5. 系统环境集成

系统环境集成是指在完成软件开发平台及相关接口中间件的研发后，对周围环境（如硬件的设备、数据库和网络环境等）进行的集成和测试，以确保能满足系统开发的功能需求、性能需求、可靠性需求、出错需求、接口需求、约束条件、逆向需求以及将来可能出现的需求等。

# 第4章 遥感应用模型

传统意义上的遥感应用模型指的是根据统计方法或者遥感机理推导出来的反映陆地表面变量和遥感数据相关关系的数学模型。从遥感信息系统集成与开发的角度而言，遥感应用模型是在遥感数据处理以及遥感行业应用中，被抽象出的具备某种通用功能或者某行业专业功能的功能对象。这些应用模型在行业内有一定的共享和复用能力，能够实现通用或者行业内的经典应用。

由此可知，在遥感信息工程中，遥感应用模型的概念更为广泛，本章将首先对在遥感信息工程中的遥感应用模型分类体系进行介绍，在此基础上总结遥感应用模型建立的基础、原则和建立过程，最后分类介绍不同的典型遥感应用模型实例。

## 4.1 模型分类体系

### 1. 从模型建立方法角度分类

遥感应用模型依据模型构建的基础可以分为统计模型、物理模型以及半经验模型。统计模型，是根据大量重复的遥感信息和其相应的地面实况统计结果所得到的模型。物理模型以地理实体的发展机理为基础，研究传感器成像的过程与大气、目标相互作用的定量过程和结果所得到的模型。介于统计模型和物理模型之间还有一种半经验模型，它综合了统计模型和物理模型的优点，在建模过程中既考虑了模型的定性物理含义，又采用了统计方法进行参数建模（陈晓玲和赵红梅，2008）。

### 2. 从模型应用角度分类

遥感应用模型依据在遥感信息工程建设中所起的不同作用可以分为遥感基础模型、专业基础模型以及综合应用模型[①]。

1) 遥感基础模型

遥感基础模型主要包括遥感数据处理的标准化流程，即传感器辐射定标、几何精校正，适用于各种广泛的学科领域。

2) 专业基础模型

专业基础模型主要包括在标准化流程之后，通过遥感反演的方法，从数据中提炼的，能体现学科或区域地表典型意义的信息产品模型。例如，遥感辐射温度模型、植被指数模型和其他特征指数信息产品。这些模型适用于不同学科领域与遥感信息深层次交叉与应用。

3) 综合应用模型

综合应用模型是通过项目实施，根据研究区范围的学科需求和应用需求展开的具体

---

① http://www.remotesensing.csdb.cn/rsdb/sersdata.asp

应用实践。综合应用模型，往往由遥感基础模型和专业基础模型综合搭建构成，如果在实践中发现现有的基础模型不能完全满足要求，还应根据需求建立新的遥感基础模型和专业基础模型。综合应用模型按照应用的领域可以分为国土行业综合应用模型、地质领域综合应用模型、林业资源领域综合应用模型、灾害预测与灾后评估领域综合应用模型、生态环境监测领域综合应用模型等。

### 3. 从遥感信息系统开发的角度分类

在对遥感信息工程进行系统开发时，可以根据系统中模型的粒度将遥感应用模型划分为三种模型：通用基本模型、遥感专业基础模型、行业应用模型。

1）通用基本模型

通用基本模型解决的是遥感信息系统中最基础的问题，例如，解决遥感信息系统中的通信的模型、异构平台互操作的模型、底层数据访问的模型等。

2）遥感专业基础模型

遥感专业基础模型指遥感信息系统软件在应用时，所需的普遍的遥感专业基础模型，主要包含遥感数据处理的标准化流程，如表 4-1 所示。

表 4-1　遥感信息系统中专业基础模型

| 项　　目 | 模　　型 | 描　　述 |
|---|---|---|
| 影像数据管理 | 查看影像数据信息 | 可以查看影像的文件格式、图像坐标、图形坐标、数据类型、影像统计信息、影像直方图信息、影像投影信息 |
| | RGB 波段组合设置 | 可以设置灰度显示的波段；RGB 彩色显示的波段、索引彩色显示的波段和色表 |
| | 影像直方图拉伸 | 可以设置显示的直方图拉伸模型，包括原始显示、线性直方图拉伸、自适应直方图拉伸、正规化直方图拉伸等 |
| | 查看像元信息 | 可以查看单个像元的像元亮度值、像元的图像坐标、像元的图形坐标、像元在不同投影下坐标 |
| | 编辑影像色表 | 可以编辑索引显示的色表 |
| | 创建影像金字塔 | 可以创建影像的金字塔层，加快影像的显示速度 |
| | 编辑影像空间参考 | 可以编辑影像的空间参考信息，包括影像空间参考的椭球参数和平面投影参数 |
| | 浏览影像空间参考 | 可以浏览影像的空间参考信息，包括影像空间参考的椭球参数和平面投影参数 |
| 通用影像数据转换 | 影像文件格式互转 | 可以对影像文件格式进行转换 |
| | 影像文件上传到影像库 | 可以将影像文件上传到影像库中 |
| | 影像库下载为影像文件 | 可以将影像库中的栅格数据集下载为文件格式 |
| | 高光谱影像数据导入 | 可以导入常用的高光谱数据 |
| | 雷达数据导入 | 可以导入常用的雷达数据 |

| 项　目 | 模　型 | 描　述 |
|---|---|---|
| 影像预处理 | 控制点量测 | 可以编辑校正影像和参考影像的控制点对信息，几何校正参数、残差计算 |
| | 影像几何校正 | 可以提供影像放射变换、多项式几何校正、DLT 模型、SPOT-PAN 模型、SPOT-MSS 模型、CBERS 模型、IKONOS-RPC、QUICKBIRD-RPC 等 |
| | 色调均衡 | 可以用参照影像对调整影像进行色调匹配处理 |
| | 影像镶嵌 | 可以对多幅影像进行镶嵌拼接处理 |
| | 影像融合 | 可以对全色影像和多光谱影像进行加权融合、IHS 融合、小波融合、基于小波的特征融合、PCA 融合 |
| | 影像重采样 | 可以对影像按照行列值和像元分辨率进行影像重采样 |
| | 影像投影变换 | 可以对影像进行投影变换 |
| | 影像批量投影变换 | 可以对影像进行批量投影变换 |
| | 自然色处理 | 可以对 SPOT 影像进行自然色处理 |
| | 影像分块分区裁剪 | 可以对影像进行自定义的分块裁剪、按照矢量区裁剪 |
| | 影像标准图幅裁剪 | 可以对影像进行国家标准分幅裁剪 |
| | 影像感兴趣区编辑 | 可以对影像进行感兴趣区编辑 |
| | 影像掩膜 | 可以用分类影像对原影像进行掩膜处理 |
| 影像增强 | 色表拉伸 | 可以对单波段和三波段的影像进行色表拉伸 |
| | 去相关拉伸 | 可以对多波段的影像进行去相关拉伸 |
| | 薄云去除 | 可以去除原始影像中的部分薄云 |
| | 坏线去除 | 可以去除原始影像中的坏线 |
| | 条带去除 | 可以去除原始影像中的条带 |
| | 噪声去除 | 可以采用滤波方式对影像的噪声进行处理 |
| 影像滤波 | 常规滤波 | 可以对影像进行均值、中值、最大值、最小值等滤波处理 |
| | 卷积滤波 | 可以对影像进行高通、低通、高斯高通、高斯低通、边缘检测、水平滤波、垂直滤波 |
| | 自定义滤波 | 可以自定义滤波模板，对影像进行滤波处理 |
| | 自适应滤波 | 可以对影像进行 Frost 滤波、Enhanced Frost 滤波、Lee 滤波、Enhanced Lee 滤波、Kuan 滤波等 |
| | 平滑滤波 | 可以对影像进行中值 $3 \times 3$、中值 $5 \times 5$ 滤波等 |
| | 同态滤波 | 可以对影像进行同态滤波处理 |
| | 快速傅里叶变换 | 可以对影像进行快速傅里叶变换处理 |
| | 快速傅里叶逆变换 | 可以对影像进行快速傅里叶逆变换处理 |
| | 快速傅里叶滤波 | 可以对快速傅里叶变换后影像进行高通滤波、低通滤波处理 |
| | 影像二值化 | 可以对影像进行单阈值、多阈值的影像二值化处理 |

3）行业应用模型

遥感数据在应用到具体专业领域时，需要根据行业需求，依据定量遥感的原理和方法选择或者定制针对具体行业的应用模型，这些模型仅在该行业应用的软件中才需要，属于专业模型。常用的行业应用模型如表4-2所示。

表 4-2  遥感信息工程行业应用模型

| 项　目 | 模　型 | 描　述 |
|---|---|---|
| 通用植被指数 | 简单比值指数 SR | 是红光反射辐射通量和近红外反射辐射通量的比值 |
| | 归一化植被指数 NDVI | 监测到植被生长活动的季节与年季变化 |
| | MSS 亮度 | 从 LANDSAT-MSS 中提取土壤亮度指数 |
| | MSS 绿度 | 从 LANDSAT-MSS 中提取植被绿度指数 |
| | MSS 黄度 | 从 LANDSAT-MSS 中提取植被黄度指数 |
| | TM 亮度 | 从 LANDSAT-TM 中提取土壤亮度指数 |
| | TM 绿度 | 从 LANDSAT-TM 中提取植被绿度指数 |
| | TM 湿度 | 从 LANDSAT-TM 中提取土壤湿度指数 |
| | 红外指数 II | 基于 LANDSAT-TM 的近红外和中红外波段的归一化比值 |
| | 正交植被指数 PVI | 采用离"土壤线"的垂直距离作为植物生长的一个指标 |
| | 裸土绿度指数（GRABS） | 对经过太阳角度和阴霾校正的 LANDSAT-MSS 数据进行缨帽变换，用变换后的绿度和土壤亮度指数来计算这一指数 |
| | 水分胁迫指数 MSI | 基于 LANDSAT-TM 的近红外和中红外波段的比值 |
| | 叶片相对含水量指数 LWCI | 用叶片含水指数来评估叶片中不同程度的水分胁迫 |
| | 中红外指数 | 采用 TM 的第 5 波段与 TM 的第 7 波段的比值 |
| | 土壤调整植被指数 SAVI | 是改进的植被指数，整合了土壤背景状况和大气调整因子 |
| | 大气阻抗植被指数 ARVI | 通过归一化蓝光、红光和近红外波段的辐射来减少对大气效应的敏感程度 |
| | 土壤和大气阻抗植被指数 SARVI | 此指数整合了 SAVI 的 L 函数和 ARVI 中的蓝波段归一化值 |
| | 增强植被指数 EVI | 是修正的 NDVI，有一个土壤调整因子和两个系数，以描述使用蓝光波段校正红光波段的大气气溶胶散射影响 |
| | 新植被指数 NVI | 此植被指数去除了水汽的吸收波段 |
| | 不受气溶胶影响的植被指数 AFRI | 此植被指数主要用于在有烟尘、人为污染和火山灰出现的情况下对植被进行评估 |
| | 三角植被指数 TVI | 此指数是将色素吸收的辐射量描述为与叶绿素 a、叶绿素 b 吸收不显著的绿光区域的反射率相联系的红光与近红外的相对差值的函数 |
| | 简化的简单植被指数 RSR | 此指数加入了短波红外波段的信息 |
| | 可见光大气阻抗植被指数 VARI | 该指数对大气效应的敏感性最低 |

| 项 目 | 模 型 | 描 述 |
|---|---|---|
| 通用植被指数 | 归一化建筑物指数 NDBI | 可用于城市建筑面积进行监测 |
| | 红边指数 | 可以进行植被红边指数计算 |
| | 光合作用 | 可以进行植被光合作用指数进行计算 |
| | 氮浓度 | 可以进行植被氮浓度进行计算 |
| | 干旱或衰老指数 | 可以进行植被干旱或衰老指数进行计算 |
| | 植物色素 | 可以进行植被植物色素进行计算 |
| | 水分含量 | 可以进行植被水分含量进行计算 |
| 土壤分析 | 有机物指数 | 可以对土壤的有机物指数进行计算 |
| | 氧化铁指数 | 可以对土壤的氧化铁指数进行计算 |
| MODIS 指数 | 云水检测 | 可以对 MODIS 数据进行云水检测 |
| | 归一化植被指数 | 可以对 MODIS 数据进行归一化植被指数计算 |
| | 积雪指数 | 可以对 MODIS 数据进行积雪指数计算 |
| | 归一化水指数 | 可以对 MODIS 数据进行归一化水指数计算 |
| | 植被供水指数 | 可以对 MODIS 数据进行植被供水指数计算 |
| | 增强植被指数 | 可以对 MODIS 数据进行增强植被指数计算 |
| | 地表温度 | 可以对 MODIS 数据进行地表温度计算 |
| | 叶面积指数 | 可以对 MODIS 数据进行叶面积指数计算 |
| | 热惯量计算 | 可以对 MODIS 数据进行热惯量计算 |
| | 植被状态指数 | 可以对 MODIS 数据进行植被状态指数计算 |
| | 比值植被指数 | 可以对 MODIS 数据进行比值植被指数计算 |

# 4.2　模型建立基础

本节介绍遥感信息工程的建模基础——遥感建模系统。对遥感系统进行建模包含传感器几何成像方式建模以及传感器辐射建模两大部分。其中，几何成像方式建模由传感器成像建模、影像投影方式建模两个部分组成。传感器成像建模主要是依据传感器的设计模式（线阵列还是面阵列）以及成像方式（扫摆式、推扫式）建立地面点的图像坐标和地面坐标之间的数学关系。影像投影，是建立地球表上面的点与投影平面上点之间的一一对应关系。地图投影的使用保证了空间信息在地域上的联系和完整性。在遥感产品生产中建议采用多种等积投影方法，如 TM/ETM＋影像中运用空间倾斜墨卡托或通用横轴墨卡托投影（UTM），AVHRR 中采用了分瓣古德等面积投影，MODIS 中运用了整数化正弦曲线投影和朗伯方位投影，MISR 中用到了空间倾斜墨卡托投影（梁顺林和范闻捷，2009）。

传感器成像建模包括对地面场景建模、对成像的大气模式建模以及对传感器的光谱响应进行建模三个部分。其中，场景模型描述遥感像元内能量与物质的形式和本质以及它们的空间和时间序；传感器光谱响应模型描述传感器响应入射能量产生遥感信号的行为；大气模型描述大气与入射到场景及场景发射以及反射能量的相互作用（苏理宏等，2002）。

场景生成模型定量描述地表面目标以及背景的类型，数目以及空间分布之间的关系，是对景观理解的定量描述。对场景中辐射场的建模方法大概有三种：几何光学模型，均匀介质辐射传输模型和计算机模拟模型（梁顺林，2009）。

传感器光谱响应模型描绘了把地表-大气系统的光谱辐亮度转化到数字值的过程，这个数字值就是用户从数据分布中心购买得到的数据。传感器光谱响应函数与场景光谱辐亮度结合生成波段值，空间响应函数用一个可分线扩展函数的离散卷积来定义像元值。噪声可以在通过对每个波段进行标定把信号转化成数字值之前来明确地模拟（梁顺林，2009）。

# 4.3　模型建立原则

遥感应用模型建立时，应符合如下的原则。

### 1. 准确性原则

模型必须能够客观、准确地反映遥感数据、地理实体，以及遥感在行业应用系统中的真实情况。对于基础模型的建立要以遥感的几何模型和传感器的成像模型为依据；对于专业模型在建立时应该充分考虑到地理实体的光谱反射特性以及传感器的光谱响应参数；在建立综合应用模型时，要针对行业应用使构建的综合模型能与现实业务相联系。

### 2. 分层的原则

在建立遥感综合应用模型时，必须有不同的模型以不同的抽象程度，反映业务系统的不同层面。

### 3. 分治的原则

不可能单独地用一个模型来反映整个业务系统的任何侧面。因此，应当将复杂的综合根据分治法的分割原则，将复杂的综合应用模型问题分解为若干遥感基础模型和专业基础模型问题。在使用分治法分解综合应用模型时，最好使各个子模型的规模大致相同。这种分治的建模策略，可以使得复杂的综合应用问题能够被一个一个地分开解决。

### 4. 可搭建性原则

遥感信息工程系统在建设模型库和各应用系统时需要不断扩充模型。模型的建立要遵循可搭建性原则。模型可搭建性是指每个模型项类似一个小积木块，使用"小积木块"搭建"大积木块"，"大积木块"可放入应用程序中执行。

5. 标准化和规范化原则

遥感应用模型在建立时，应遵循已有的基本标准规范和扩展相关标准规范，并提供标准化、规范化模型接口，从而为实现模型可搭建、功能可扩充、功能可复用和功能可定制等提供技术基础。

# 4.4　模型建立方法

遥感应用模型是遥感科学发展的结果，为专题数据的加工提供支撑，对遥感应用模型的研究将促进遥感信息在专业领域的应用。在遥感信息工程的建设过程中，基础模型、专业基础模型和综合应用模型同时发挥着重要的作用，是遥感信息工程建设的基石；同时遥感信息工程的建设又会促进遥感应用模型的不断完善。遥感应用模型的建立依据模型的类型有所区别。

## 1. 遥感基础模型建立方法

遥感基础模型主要包括遥感数据处理的标准化流程，如传感器辐射定标、几何精校正，它适用于广泛的专业领域的分析和应用。专门从事遥感科学与技术的研究人员经过严谨的公式推导，并经过大量的实践检验才能建立此类模型。

遥感基础模型的建立是以传感器的成像几何模型和传感器辐射建模为基础的，遥感基础模型是应用模型中理论最为成熟的模型，是专业基础模型以及综合应用模型建立的基础。

## 2. 专业基础模型建立方法

专业基础模型主要包括学科或区域地表的典型意义参数建立的模型反演、推导的信息产品模型。这类模型在建立的时候，通常需要经过如下步骤：首先，依据专业基础模型所在学科领域的需求选择建模的遥感数据。而后获取同步实测数据，实测数据包括对所需反演的地物的采样、对地物进行光谱测量，并记录测量时的 GPS 数据。对选择好的遥感数据进行数据的预处理，包括辐射校正、几何校正和图像增强（图像拉伸、影像融合等处理）。对采集的地物高光谱数据进行光谱分析，并运用合适的数学模型对光谱曲线进行拟合。对经过预处理的遥感数据，选择合适的反演方法进行生物物理量参数的反演。将反演所得到的模型与地物采样数据在实验室分析所得的实际参数进行比较，进行反演模型的精度评定，并依据精度评定的结果对反演模型进行优化。上述流程可以用图 4-1 来表示。

专业基础模型，依据遥感定量反演的理论，推导专业产品的模型。这种模型的建立通常需要对某个特定的地理实体进行地面光谱测量，在分析地理实体的光谱特征的基础上，依据数学分析的方法对其进行建模。模型的正确与否需要通过反复验证，模型的精度也需要在实践中不断进行优化。

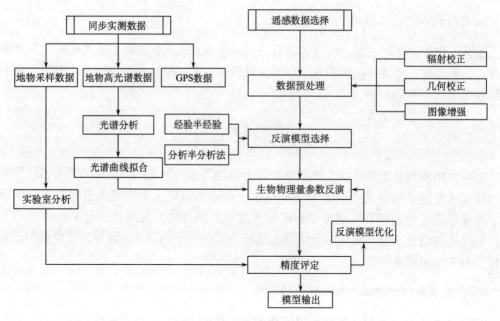

图 4-1　专业基础模型建立流程

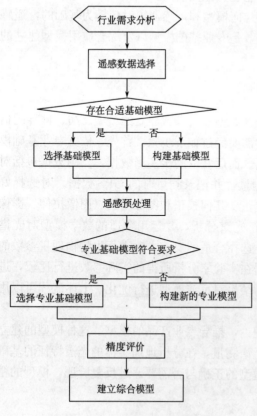

图 4-2　综合应用模型建立基本步骤

### 3. 综合应用模型建立方法

综合应用模型是为了完成遥感信息工程在某一专业应用而设定的。这类模型的建立是在遥感基础模型和专业模型建立的基础上进行的，在建立综合应用模型时应该首先针对具体行业应用进行行业需求分析，而后在需求指导下选择合适的遥感数据，并选择或者建立遥感基础模型和专业基础模型，最后将模型进行功能组合形成综合应用模型。图 4-2 为综合应用模型的一般建立方法。

综合应用模型与上述两种模型相比与实际行业应用结合得更为紧密，这种模型是一种集成模型，它是将基础模型和专业基础模型进行有效的组合，从而能够解决某一行业应用问题。

另外，遥感应用模型在建立好后，应综合起来进行某个区域的检验，看是否能解决问题；如果所建立的模型已经完全可以将问题解决，则表明模型建立成功；否则应该逐步分析，找出错误产生的原因，并着手建立更为精确、实用的模型。

遥感应用模型在建立时，应该充分认识到地理实体的复杂性，在遥感信息工程实施过程中适合某一地区的应用模型，在另一地区的遥感信息工程实施过程中可能失效。因此，已有的综合应用模型应该不断修正，在遥感信息工程的实施中不断完善。

## 4.5  遥感应用模型管理

遥感信息工程在建设时，为了使各类遥感应用模型统一管理，遥感信息系统需要提供遥感应用模型入库管理、目录管理、查询与获取管理等功能。

### 4.5.1  模型入库管理

利用各类遥感应用建模工具构建模型，需要对这些模型进行验证与评估，检验模型是否符合入库标准规范，只有符合标准规范的模型才能注册入库。模型入库遵循高内聚、松耦合的准则。无论是通用的基本模型、遥感专业基础模型，还是综合应用模型，入库以接口为核心，并遵循入库标准。在遥感信息系统对模型进行入库时，可遵循三种模型开发规范：COM 组件规范、插件规范、工作流的搭建存储规范。这些规范之间有一定的相互兼容性，同时又具备开放性。

### 4.5.2  模型目录管理

随着模型的增多，遥感信息系统的模型库不断膨胀，给模型库的管理带来了诸多不便，在大型的软件模型库中检索符合用户需求的模型变得越来越困难。模型库采用层次化的目录树结构分类管理组织功能资源，以此来实现功能的统一管理并提供功能服务，同时支持用户实现基于开发领域组织用户自己的模型库视图。

模型分类管理主要是提供模型分类的新增、修改、删除、查询和显示功能。同时，模型库的管理者可以把相应功能划入某一分类，也可以从分类中删除某个或者某些功能项。模型目录实现了模型分类管理，主要包括新增分类、修改分类、删除分类、分类树的显示、分类查询、向分类加入模型项、从分类中删除模型项等。

统一管理的模型资源具备开放性、屏蔽异构性、可伸缩性，能不断进行扩展等特点。更为重要的是模型目录提供了模型项的标识信息和特征信息，方便了功能的检索和维护，并且在升级时能最大限度地利用原有系统，做到新旧系统的无缝连接。这些基本资源都是类似 Windows 资源管理器的方式，即以目录形式对模型的统一管理。

### 4.5.3  模型检索管理

在模型库中，为了方便用户检索到所需的模型，系统需提供基于刻面的模型分类、枚举模型分类、基于关键词的模型分类、基于属性值的模型分类、基于关系的模型分类等多种策略，并综合利用各种模型分类策略的优势，对这些分类策略进行组合，有效地组织模型库。

模型检索方法主要有树型导航逐层浏览查询、简单查询、基于刻面的查询、属性查询、关系浏览和查询以及组合查询等。这些模型查询依赖模型的多种分类模式及其组合方式以满足不同复用组织和不同用户群体对各类遥感应用模型的需求。

树型导航逐层浏览查询主要基于枚举分类方式，采用树状层次浏览获取合法术语，获取以相应关键词为索引的检索结果。简单查询主要通过模型名称的关键词或者关联术语进行查询。用户可以输入一个或多个词语查询需要的模型，多个词语之间可以根据用户的需要选取"与"关系或者"或"关系进行连接。基于刻面的查询，是根据特定刻面分类方式对软件构件的类别进行划分并按刻面关键字或术语进行软件构件检索的一种方式。近年来，根据刻面对模型进行分类以及按刻面关键字或术语进行检索的方式越来越受到重视，这种方法适用于大规模的构件管理，同时又是检索代价、复杂性和检索质量三者最为均衡的方法。与一般的层次分类方式相比，刻面分类模式易于修改，也避免了一般的关键词分类方式容易出现的混乱，能够提高检索效率，而且有助于复用者理解模型和目标领域。属性查询是使用者可选择或填写模型的列出属性进行以属性为依据的查询，它是辅助性查询。关系浏览和查询是在使用者找到一个模型时，通过关系浏览，模型库就可以显示出与该模型有某种关系的所有模型的集合。可通过不同的关系，以该模型为起点在模型库中游历和查询。组合查询，就是将刻面浏览与查询、构件属性查询和简单查询三种查询方式组合在一起的查询方法，它将联合检索的 SQL 语句通过界面的图形化表示，以利于复用者的理解。

# 第5章 遥感专题数据加工

遥感专题数据加工是按照统一的遥感信息工程标准规范体系，对遥感数据进行加工、处理后生成专题产品数据的过程。专题数据的加工是遥感信息工程的基础，是遥感信息工程得以顺利实施的保障。

本章首先分析遥感专题数据加工的特点，在此基础上提出专题数据加工的原则，接着介绍专题数据加工的流程，最后从技术角度分析如何对专题数据加工产品进行管理并提供服务。

## 5.1 专题数据加工特点

遥感信息工程中的核心是数据，为了进行专题数据的加工，首先应了解遥感信息工程中数据的特点，并在此基础上理解专题数据加工的特点。

### 1. 数据特点

遥感信息工程中的数据，除了具有一般科学数据所具有共性特点以外，还具有时空尺度特性、数据分布性、综合集成性等典型特点[①]。

1) 时空尺度特性

陆地系统过程相关的数据与其他数据的本质区别在于它包含了空间层面的信息，包括空间地理位置和空间拓扑关系。由于空间关系的存在，多源数据之间的融合才具有了基本的参考体系——位置。同时，也使数据比其他数据增加了一层属性——空间多尺度特征，即同一种地理现象在不同的空间尺度下的表现特征有差异，只有在一定范围的空间尺度下观察，才能掌握相应的地学规律。此外，时间属性也是地学数据的典型特点，完整的时间序列数据更能够反映地学的变化规律。

2) 数据分布性

地学数据分布式特性表现在：地球系统科学数据是对地球系统特征和过程的描述。地球系统特征存在着空间变异性，即在空间展布上，属性是距离的函数；在时间序列上，属性是时间的函数。这导致地球系统科学数据在时间、空间和属性上都存在抽象意义的空间差异。

3) 综合集成性

地学具有多个分支学科，研究对象尺度跨度巨大，其所面临的地球系统本身的圈层耦合关系复杂、人地关系的研究问题多样，这必然导致一方面其需要海量的、综合集成的数据资源支持；另一方面在研究方法和手段上具有综合性，需要以集成、系统的思想

---

① 中国科学院地理科学与资源研究所，中国科学院计算机网络信息中心.2009.数据资源加工指导规范（征求意见稿）

解决复杂的地球系统科学问题。例如，当前地学在全球变化这一前沿领域，就需要以整体的、综合的科学观点，将地球视作各部分相互作用、相互联系的"地球系统"，把太阳和地核作为全球变化的两个主要的自然驱动力的同时，将人类活动作为第三驱动因素，依赖基于现代技术的立体监测获取海量数据，集成、融合多学科数据资源，分析地球自身的物理、化学和生物过程。

**2. 遥感专题数据加工特点**

遥感专题数据加工是指针对不同专题应用的需求（农业、林业、气象等），通过对遥感数据进行基础模型的处理（几何校正、大气校正等）以及专业基础模型的分析，生成专题数据产品的过程。专题数据加工具有如下特点。

1）遥感数据专题加工不是简单的数据集成

数据集成是对数据形式特征（如格式、单位、精度等）和内部特征（特征、属性、内容等）的全部或部分的调整、转化、合成、分解等。其目的是形成充分兼容的数据集（库）（李军和费川云，2000）。遥感数据专题加工强调的是数据内容经过遥感的基础模型或专业基础模型分析后，由遥感数据变成专题信息的过程。

2）遥感专题数据加工不是简单的数据转换

作为数据产品，必须是经过实质性加工、具有智力投入的成果（廖顺宝等，2005）。遥感信息工程中，在一些数据处理流程，数据虽然表达形式变化了，但由于没有进行实质性加工和智力投入，并未有效提高数据资源的信息量，不能称之为专题数据加工。例如，直接对纸质地图的数字化、统计数据的电子化录入都不是数据产品，因为这些数据只是形式发生变化，没有实质性的智力投入，相应地该数据的信息量并未有效增加。

3）遥感专题数据加工的核心是遥感应用模型

专题数据加工中的模型和算法是核心。先进、高效的数据资源加工模型，能够产出高精度、高价值的数据产品。落后、低效的数据资源加工模型，降低数据产品的精度、可用度和应用价值。

# 5.2  专题数据加工原则

专题数据产品按内容划分，分为普通地图和专题地图。普通地图表达地表的各种基本要素——水系、地貌、土质、植被、居民点、交通网等；专题地图突出反映一种或几种主要要素或现象。其中，普通地图数据反映了该区域的基础地理信息，由政府主管部门负责数据的采集、组织和管理，基础地理信息涉及国界、保密、国家安全等方面的问题，它是其他专题地图的基础底图，因此必须具有权威性和一致性，应由国家主管部门负责对外发布，其他任何部门和个人都无权发布。

专题数据在加工时主要遵循如下原则：

（1）专题数据加工应遵循遥感信息工程方法论；

（2）专题数据加工应满足遥感信息工程的建设需求；

（3）专题数据加工必须符合遥感信息工程的标准；

（4）专题数据的加工应最大程度地节省遥感信息工程的成本。

# 5.3 专题数据加工流程

遥感专题数据的加工是面向具体应用需求或科学问题的。概括而言，遥感专题数据加工的通用模式如图 5-1 所示，包括以下六个步骤。

1. 应用需求与科学问题导向

首先要分析面临的具体应用需求和科学问题，确定预期的数据产品形式和内容。

2. 数据选择

数据的选择包括基础数据的筛选和遥感数据的选择。在遥感信息工程中，为了保障工程的实施，往往需要结合历史的地理信息数据和遥感数据进行综合分析。历史的地理信息数据，指的是已经存储在关系型数据库中的属性数据、存储在空间数据库中的矢量或栅格数据集等，也可以是以分散状态存在的文件数据。遥感数据的选择则是根据所需解决的工程和科学问题，选择适合的光谱分辨率、空间分辨率和时间分辨率的数据。

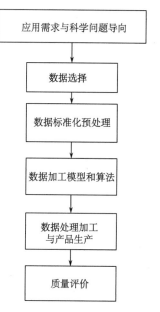

图 5-1 遥感专题数据加工通用模式

遥感信息工程中，数据主要来源于以下四个渠道（黄鼎成和王卷乐，2009）：

（1）国家长期布局的、政府专项计划支持的数据采集系统、数据信息汇交管理机构所拥有的数据资源。包括通过天基、空基、海基和地基一系列对天体与地球系统的观测、探测、试验研究站网，涉及天文学、空间科学、地球科学、环境科学、生物与农林科学诸领域。这些数据主要集中在政府相关部门或事业机构。

（2）研究数据。即国家和地方各类科技计划实施研究项目，包括基础研究、应用研究乃至生产实践所产生的科学研究、科技应用的过程数据、结果数据。一般是为了一定研究和应用目的的专题数据，也包括以数据采集为主要目的的调查、考察、观测、试验研究项目所产生的基础性数据。这些数据多分散在各类研究机构、高等院校和研究者手中。

（3）国外的科学数据资源。包括有关国家数据中心、研究项目群开放数据、国际数据组织和机构、政府间数据交换协议、非政府组织的数据共享联盟等所提供的数据资源。

（4）初级数据分析产品。本学科领域初步集成或初步加工的数据分析产品也是数据加工的基础数据之一，例如，全球地表气温、降水再分析数据集就是区域数据同化产品的基础来源数据。

3. 数据标准化预处理

原始的基础数据需要进行处理后，才能进行数据产品加工。数据处理的主要目的在于三个方面[①]：①减少误差。消除数据中的一些明显错误、粗差或系统误差。②提高数据的系列性，尤其是在时间和空间序列上的连续性。③提高数据的完整性，对单一要素数据进行综合。

数据预处理包括时间序列整理、空间位置和关系整理、属性数据完整性整理。例如，在进行遥感数据植被指数专题产品加工前，要完成原始遥感影像数据的解压缩、数据格式转换、挑选无云层或者少云覆盖的影像数据、建立较完整的时间序列和覆盖区域遥感影像序列等，并应对遥感数据进行几何校正、区域裁剪等预处理工作。

值得注意的是，在一些专题应用中，单一传感器的遥感数据无法满足遥感信息工程需求，需将多种传感器的数据进行融合分析。遥感数据融合来源于信息融合。信息融合（information fusion）是指将来自多个传感器或多源的信息进行综合处理，从而得到更为准确、可靠的结论。影像融合（image fusion）是信息融合技术的一种，它是一种通过高级影像处理技术对多源影像进行复合的技术，是根据应用的目的，使用特定的算法将多个不同的影像进行图像信息的合并处理，从而生成新的图像。影像融合的方法是将单一传感器的多波段信息或不同传感器所提供的信息进行综合处理，消除多传感器信息之间可能存在的冗余和矛盾，并加以互补，降低其不确定性，减少模糊度，以增强影像中信息透明度，改善解译的精度、可靠性以及使用率，从而形成对目标的清晰、完整、准确的信息描述。在实施遥感信息工程时，可以运用影像融合这一遥感基础模型进行融合处理。

### 4. 数据加工模型和算法

根据历史地理信息系统数据和遥感数据的类型，建立相应的数据加工模型和算法。例如，针对属性数据加工的要求，建立属性数据加工模型和算法；针对栅格数据加工的要求，建立栅格数据加工模型和算法；针对矢量数据加工的要求，建立矢量数据加工模型和算法。例如，针对选择的遥感数据，依据数据的光谱分辨率、空间分辨率以及时间分辨率，选择和建立合适的遥感应用模型进行加工。

### 5. 数据处理加工与产品生产

将经过数据标准化预处理的数据作为输入，经过数据加工模型和算法处理后，产出数据产品。这一过程，可以是计算机自动处理、手工操作，或者是以计算机与人工相结合方式进行。根据数据资源加工程度的不同，数据产品可分为多级。

按照遥感信息工程中不同的数据资源，分别阐述不同类型数据资源加工的模型和方法。

1）属性数据加工

遥感信息工程中，属性数据主要由统计数据和观测数据两部分组成，前者主要描述人文要素，如人口、社会经济统计数据等，也包括一些从专题地图中提取的专题信息，如各种土地资源、土地利用面积等；后者主要描述自然要素，如气象要素、水文要素、生态要素等（廖顺宝等，2005）。

---

① 中国科学院地理科学与资源研究所，中国科学院计算机网络信息中心.2009.数据资源加工指导规范（征求意见稿）

属性数据的加工模型主要是空间格网化模型。即将属性数据按照一定的地理区域或规则格网展布在空间上。空间格网化模型可以使属性数据生成标准的数据产品，该产品能够真正反映属性数据在区域的分布，插补无观测点或值地区的要素值，建立完整的时间序列数据集，使不同要素的数据便于叠加和对比等①。

2）空间场数据加工

遥感信息工程中，第二类数据是空间场（栅格）数据。众所周知，遥感是依据地理实体与太阳电磁能量相互作用，反射或散射进入传感器瞬时视场的太阳能量来对地表面的物体进行分析的。不同的物质与电磁波能量具有不同的作用，因此，可以从遥感数据来区分不同的地理实体，从而达到客观、宏观地认识地表情况的目的。

要从电磁波信息中提取有地学意义的信息，如植被状况、土地利用状况、土壤湿度、地表温度等，必须首先分析各种目标的光谱反射曲线，而后选择空间尺度与光谱维度合适的遥感数据，并根据需要对遥感数据进行建模。例如，植被指数产品模型中植被指数是对地表植被活动的简单、有效和经验的度量。将两个（或多个）光谱观测通道组合可得到植被指数，这一指数在一定程度上反映着植被的信息。通常使用红色可见光通道（$0.6\sim0.7\mu m$）和近红外光谱通道（$0.7\sim1.1\mu m$）的组合计算得到归一化植被指数（NDVI）。

3）空间对象数据加工

遥感信息工程中，第三类数据加工模型是基于空间对象（矢量）数据的地学数据资源加工模型。地学矢量数据的主要表现形式是矢量地图。地图通过数字化、编辑、修改、拓扑关系生成、地图数据库的建立形成地图数据产品。

6．质量评价

质量评价过程贯穿于整个数据资源加工过程之中。可量化评价的内容包括基础数据（数据来源）质量评价、数据加工模型与算法质量评价、数据产品质量评价。

数据产品质量评价的重点是数据产品的准确性、规范性和完整性。数据产品的准确性主要通过数据来源渠道或数据生产者的质量报告评价；数据产品的规范性通过基础数据是否具有规范的元数据、数据文档和数据集实体来评价；数据产品的完整性主要通过数据所涵盖的时间序列、空间范围和数据要素来评价。

# 5.4 专题数据加工成果

遥感信息工程中，数据加工的成果根据满足的用户需求程度不同而有所差别。具有专业知识的用户往往需要原始的数据，可依据专业模型和方法进行创造性的应用；而一般的用户则需要经过预处理的数据，或者某研究主题下的专题数据和服务于某一特定研究领域的复合数据产品。

一般而言，科学数据按其加工处理程度可分为五个级别：0级、1级、2级、3级、

---

① 中国科学院地理科学与资源研究所，中国科学院计算机网络信息中心．2009．数据资源加工指导规范（征求意见稿）

4级（施慧中，2003）。0级数据：未做任何处理的原始记录，其记录格式、符号、代码等大多由作业者本人或其服务的单位自行设置，外单位人员，即使是同行，也是无法理解这些数字的含义的。0级数据一般不向他人提供，仅仅作为向上级报送数据的依据而归档保存。1级数据：经初步加工，包括数据项的必要注释、数据格式的简单转换等，成为能让他人理解的数据。这是原始数据记录生产地向上级主管部门报送的数据，这对于原始数值生产地而言是"数据成品"；而对于接受单位，特别是承担数据归档、服务的数据中心而言则是"原始数据"。2级数据：在数据中心对数据做进一步加工处理，主要是两个方面的工作，其一是标准规范化处理，其二是数据质量检查与订正，使数据真正成为可以被利用的数据。3级数据：在1、2级数据的基础上，进一步深加工而形成的科学数据产品。科学数据产品应当有统一的分类和编码系统，有统一的数据格式或能提供转换接口；应当置备标准、完善的元数据；应当有数据质量标准，并经规范的质量检验与修正；还要有标注明确的外包装。4级数据：为了特殊的用途，并不在数据中心日常业务范围之内，而专门整理、加工和生产的科学数据产品。

以在遥感信息工程中上游产业的产品分级为例，来进行产品分级的说明。根据加工程度的不同，DigitalGlobe公司将QUICKBIRD卫星数据分为三级产品，如表5-1所示，其中正射纠正的定位精度依赖于用户提供的地面控制点和DEM的精度。

**表 5-1　QUICKBIRD产品分级**

| 产品级别 | 产品 | | |
|---|---|---|---|
| 基础数据产品 | 基础数据 | | |
| | 基础数据像对 | | |
| 标准数据产品 | 标准数据 | | |
| | 预正射标准产品 | | |
| 正射纠正产品 | 成图比例 | | 应用范围 |
| | 1：5万 | | 世界范围 |
| | 1：1.2万 | | 美国和加拿大 |
| | 1：5000 | | 世界范围 |
| | 1：4800 | | 美国和加拿大 |
| | 客户自定义 | | 世界范围 |

### 1. 基础数据产品和基础立体影像产品

基础数据产品只经过辐射校正和传感器扭曲校正，消除了传感器光学畸变、扫描畸变、扫描速率不均匀引起的影像变形，没有经过几何纠正和地图投影，是最原始的影像产品，适合专业的摄影测量处理。基础立体像对由两景基础级影像构成，它们由传感器沿轨道前后立体成像获取，具有90%的重叠度，用于提取DEM或者三维地物采集。

### 2. 标准数据产品

标准数据产品包括标准数据和预正射校正产品。标准级产品经过辐射校正、传感器畸变校正、几何校正，消除了平台定位和姿态误差、地球自转、地球曲率等造成的影像变形，并进行了地图投影。标准产品，利用粗 DEM 消除了地形起伏。而预正射标准产品，没有消除地形起伏的影响，适合进行正射纠正。

3. 正射纠正产品

正射纠正产品经过了辐射校正、传感器校正、几何校正和正射纠正，并投影到指定的基准面上。

# 5.5　专题数据产品管理与服务

遥感技术的飞速发展为人类提供了极为丰富的数据源，同时，遥感的应用领域不断拓宽，越来越多的行业由于应用需求，大量的使用各种遥感数据产品。面对 TB 级的海量数据和各行各业的迫切需求，却面临着"数据既多又少"的矛盾局面：一方面，数据量大到无法处理；另一方面，用户需求的数据又获取不到，无法快速满足用户的应用需求。造成以上矛盾的原因是多方面的，从技术层面上分析主要是由于：非专业的用户一般没有专业知识，用户难以直接接收和处理卫星遥感数据，而经过后续处理的数据难以保证实效性等。因此对遥感数据专题加工产品的管理和服务提出了自动化、智能化和实时化的需求。为了达到能够为不同的用户以最快的速度、最安全的方式提供最恰当的专题数据产品这一目的，需要从多方面对传统的遥感专题数据管理和服务模式进行改造。

## 5.5.1　专题数据产品管理

1. 专题数据产品数据仓库构建

专题数据产品数据仓库的构建一般是将多种遥感数据专题产品的数据库作为数据源，经过抽取、清洗和加载等几个环节处理后得到面向主题的、集成的数据信息。从数据源中抽取所需数据，经过通用、业务等不同层次的清洗后，通过数据中心目录服务加载到目录系统中，形成目标数据仓库。具体数据入库构建流程如图 5-2 所示。

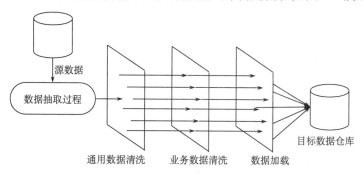

图 5-2　专题数据仓库构建过程

数据的抽取是数据进入仓库的第一个步骤，它负责数据的迁移。由于数据仓库是一个独立的数据环境，它需要能访问各种不同数据类型和数据存储方式的数据，并通过抽取过程将数据从各种类型数据的数据源中导入到数据仓库。数据抽取的方式有增量抽取和全量抽取等。数据抽取在技术上主要涉及互连、复制、增量、转换、调度和监控等方面。接着，数据在入库前应该提供入库清洗，以确保数据仓库中数据的一致性和准确性。数据加载是将从多源数据库中提取的数据经过通用数据清洗和业务数据清洗后得到的面向主题的高质量数据信息，通过数据中心目录服务加载到目录系统中，形成目标数据仓库的过程。

**2. 专题数据仓库的目录管理**

数据仓库的目录管理是按照用户的需求动态，以层次化目录树的形式管理数据，数据中心提供了建立动态目录树的规则及建立目录树规则的工具，规则对数据分组方式、属性设置等都是可以扩展的，用户可以根据管理的实际的业务类型，扩展建立目录树的规则，提供管理多源异构数据更丰富的表现。

**3. 异构数据集成管理**

专题数据产品所构成的数据仓库中有空间数据和非空间数据两大类，其中空间数据包括国内外常用 GIS 软件所支持的矢量数据和国内外常用遥感影像处理软件所支持的栅格数据，非空间数据包括各种文档和表格数据等。

传统的空间信息应用系统都是采取数据格式的转换方法来达到数据的集成或相互利用的。但是这种方式存在着一定的弊端。一种有效的解决方法就是使用数据中心的中间件技术有效管理 $N$ 个数据仓库，它不改变原有的数据模型和数据表示方法，通过 URL 协议或者 GUID 协议动态地访问数据并通过异构数据的视图来表现。基于中间件的多源遥感专题数据的管理，克服了无法对数据进行混合分析的缺点。

另外，数据仓库的异构数据集成管理主要提供的主要视图有：以目录树的形式体现多级分层的管理，能够有效满足多类型、多专题、多比例尺以及多时态的数据特征，提供各类遥感专题数据的统一视图、统一的表现。

## 5.5.2　专题数据服务模式

为了克服传统遥感专题产品服务模式的诸多不足，将网格计算引入到遥感专题数据产品加工中来，以"服务"为中心来架构新型的遥感数据处理平台。基于网格计算的遥感数据处理，充分吸纳网格服务体系结构的思想，特别是遵循最新的 WSRF（Web Service Resource Framework）规范，将遥感数据处理以 WSRF 的形式进行封装，在网格中间件的基础上构建新型的遥感数据处理平台。它具有跨平台性、可扩展、开放性的特点。

基于网格计算的遥感数据处理体系结构如图 5-3 所示，主要分为四层。

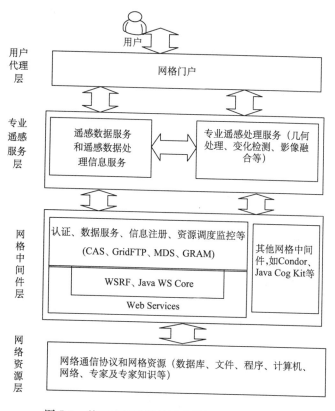

图 5-3　基于网格计算的遥感数据处理体系结构

### 1. 用户代理层

用户代理层也称网格门户，分用户层和代理层。用户层主要是根据用户的需求，提供方便的需求命令输入窗口，发送用户请求；并能够有效地显示服务的响应结果。代理层，其核心部分是网格服务门户。门户主要起到方便服务消费者和服务提供者的作用。门户是网格系统外部接口，网格系统的所有用户都将通过门户来使用网格系统的功能，管理、配置内部功能组件。通过门户，用户可以查询需要的数据和服务，也可以通过门户的软件代理来访问和调用需要的服务或者其他的功能。通过门户，信息提供者可以发布和管理自己的数据或服务。为了能对整个系统环境进行管理，如用户管理、安全策略配置，门户也为门户管理者提供管理接口。与一般的门户所不同的是，网格门户是以"服务"为核心来构建的，在门户的后台，与门户交互的都是以"服务"的形式存在的功能组件。它的表现形式可以是客户端应用程序或者门户网站。

### 2. 专业遥感服务层

专业遥感服务层包含遥感数据服务以及专业遥感数据处理服务。由于遥感数据可能分散在不同地域，不同于传统的遥感数据处理模式，因此，在专业遥感服务层还提供遥感数据服务。它主要提供遥感图像元数据服务和统一获取服务，通过遥感数据服务，用户可以获取定制的遥感数据，并可以指定对这些数据进行处理。专业遥感数据处理服务主要是根据 Web 服务资源框架（WSRF）将专业遥感数据处理（如几何纠正、影像融合、变化检测等）封装成服务，这样可以实现遥感数据处理在广域范围内的共享和互操作。由于遥感数据具有数据量大的特点，而且某些算法在处理时非常耗时，需要非常大的计算量，因此，在服务具体实现的时候，可以采用并行处理的方法来提高处理速度，关于网格节点内部采用并行处理的方法。

3. 网格中间件层

网格中间件层包括一系列工具和协议软件，用于屏蔽网格资源层中计算资源的分布、异构特性，向上层提供透明、一致的使用接口。它是管理网格的重要工具，主要提供以下功能部件：网格安全组件、资源监控组件、容错服务组件和资源调度组件、数据传输等。网格安全利用（grid security infrastructure，GSI）机制保障资源拥有者的利益，通过安全认证，用户才能使用网格中的资源，包括数据传输服务、遥感数据处理服务等。资源监控对网格环境中的资源状况进行动态监测，将结果收集起来，作为资源调度和分配任务的依据。容错服务用来保证系统的健壮性，保证应用程序可靠执行。资源调度根据资源监控的结果调度资源，实现资源的优化分配。数据传输主要采用GridFTP实现数据的传输，这种传输协议具有传输速度快、支持第三方传输的特点。

4. 网络资源层

资源是一个宽泛的概念，包括软件资源和硬件资源。软件资源主要包括网络通信协议、数据库、遥感数据文件、遥感数据处理算法等；硬件资源主要包括网络上的计算机、集群、存储设备等。网络资源层是网格提供计算服务和共享服务的基础，所有的处理任务都要分配到网格中的全部或者部分资源上去运行。而网格中的资源具有分布式、异构性、多样性的特点，各种底层资源通过网络设施连接起来，但还仅仅是资源在物理上的连通，从逻辑上看，这些资源仍然是孤立的，资源共享还是问题，需要应用网格技术实现应用层面的连通，通过网格中间件，对资源层进行管理和调度，是实现基于网格计算的遥感数据处理的基础。

基于网格计算的遥感数据处理构架方案如图 5-4 所示。该构架方案参考体系结构而设计，其中网络资源层包括一系列数据库（影像数据库、专题数据库、成果数据库等），还包括通过网络互连的计算资源，如个人 PC、集群等。遥感数据处理中间件层主要包括两大部分：一是数据服务，构建数据服务模型，提供数据存取、访问接口；二是遥感数据处理服务，构建遥感数据处理服务模型，提供专业遥感数据处理服务。网格中间件层主要包括安全服务、调度服务、信息监控、注册、数据传输等网格基础性服务。用户通过集成客户端或网格门户访问上述资源。

从用户的角度看，其处理流程如图 5-5 所示，可以描述如下：

（1）设置注册中心地址。用户可以根据已知的信息来设置注册中心，加快查找速度。

（2）向注册中心查询待处理数据，获取数据 URL，客户端自动将这些 URL 保存下来，供下次对同样的数据进行处理时所需，这样可以避免重复选择数据。

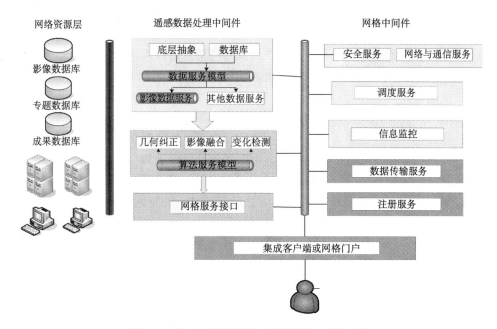

图 5-4　基于网格计算的遥感数据处理构架方案

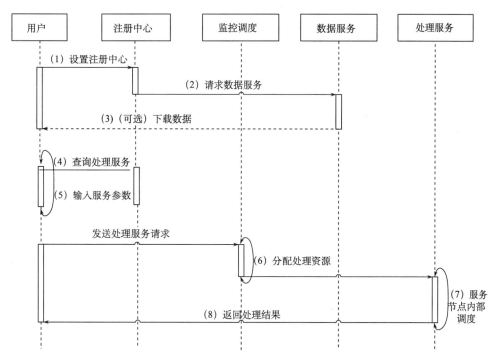

图 5-5　基于网格计算的遥感数据处理流程

（3）（可选）若用户需要下载数据，可以直接根据获取的 URL 地址向数据服务中心获取数据。

（4）向注册中心查询处理服务。这些处理服务的元信息由服务提供者或者第三方注册到注册中心，用户根据这些元信息可以获取服务的相关信息，而某些处理服务可能由多方实现，服务的名称等信息都一样，在用户向网格发出处理请求时，由监控机制来提供服务的动态信息和服务实现端的计算资源状况，从而从相同的服务中进行动态选择，以提高服务质量。

（5）输入处理服务所需的参数信息，发送处理服务请求。

（6）监控调度中心根据监控信息合理地分配资源，将处理服务请求分配到合适的资源上进行处理，考虑到负载平衡的问题，可以采用一些调度算法，如加权轮询法、动态负载平衡算法、支持 QoS（服务质量）约束的调度算法等。

（7）服务器端在接收到服务请求后，判断数据 URL 与服务节点是否相同，若不同，则需调用数据传输服务，将数据传输至处理服务节点。根据节点内部的实现机制，可以选择创建多个服务资源，也可以按照服务节点内部实现的调度算法来处理请求，如先来先去服务法、优先级法、多队列循环法等。

（8）待处理完成后，用户可以直接将处理结果下载到本地，或者将处理后的结果通过第三方传输发送到成果数据库。

上述过程对用户来说都是透明的，即用户只需要选择需要的数据和处理服务，就可以提交给后台进行处理，至于数据如何传输（如第三方传输）、服务如何实现（如并行处理）等，用户不需关心。

基于网格计算的遥感数据处理实际上可以看作提供的是一种"按需处理"的模式，它不同于传统的集中式的处理模式，具有如下特点：

（1）共享计算资源。计算资源可以是分散在不同地方的、属于不同管理域的个人 PC 或者集群等。这些计算资源具有分布、异构的特性，而对它们的管理和调度由网格中间件来完成。

（2）共享算法资源。遥感数据处理的各功能均能以服务的形式进行封装，它们注册在注册中心，并对其状态进行监控，用户可以不必购买整个遥感数据处理软件，而只需向其发出请求，在服务器端完成用户的某种处理任务。而这个过程对用户而言是透明的。而且，通过这种形式，只要算法提供者愿意将算法发布到网格上，用户随时随地都可以共享。

（3）数据来源丰富。用户不必专门购买某种数据，然后到本地进行处理，而是通过注册中心或者图形化界面，从网络上获取数据，对这些数据的处理可以在本地亦或在网络中其他节点上。

（4）监控调度机制。提供强有力的监控机制，包括对计算节点的监控，如节点的 CPU、内存、负载情况等，还包括对处理任务的监控，如处理任务是完成、等待或者失败等信息；按照某些调度算法，实现负载平衡。

（5）支持多任务。在客户端采用多线程机制，支持用户同时发送多个请求；而在服务器端（即网格节点端），服务实现的方式采用的是 Factory-Instance 模式，可以生成多个服务实例，理论上是支持多任务的，然而遥感数据处理计算量大，因此需要根据网格节点的性能来决定是采用多线程机制，还是节点内部的调度。

（6）安全。提供强大的安全认证机制。

传统单机版遥感数据处理模式与基于网格计算处理模式的比较如表5-2所示。

表 5-2  传统处理模式与基于网格计算处理模式的比较

| 比较项目 | 传统处理模式 | 基于网格计算的处理模式 |
| --- | --- | --- |
| 数据来源 | 本地 | 本地、网络 |
| 数据的发布 | 本地 | 网络 |
| 处理方式 | 本地 | 网络 |
| 状态监控 | 无 | 实时 |
| 安全机制 | 无 | GSI 安全机制 |
| 适用范围 | 单人、单机 | 多人、局域网、广域网 |
| 是否支持多任务 | 否 | 是 |

# 第6章 遥感信息工程建设

在不同的遥感应用中，需要选择一定的遥感应用模型，根据它对采集的遥感影像数据要求，需按照一定的处理加工流程生产出相应的专题遥感信息数据产品，并在遥感集成应用系统中进行管理与应用。因此，为了保障遥感信息工程顺利实施，需要构建软件开发、数据加工处理以及遥感信息系统部署应用等的工作环境，培养和引进一批从事软件开发、数据加工以及遥感信息系统运行和管理等的技术人才，购置一定量的磁盘阵列、服务器、网络、光谱仪等硬件设备，开发相应的遥感信息应用系统，并将各类软件系统与硬件、数据等进行集成。即在遥感信息工程建设中，其主要基础建设内容包括工作环境建设、人才队伍建设、硬件系统建设、软件系统建设等。

## 6.1　工作环境建设

### 6.1.1　总体布局原则

遥感信息工程涉及遥感数据的采集、遥感数据加工处理、遥感应用系统开发与集成、遥感应用系统部署等多个工作环节，每个工作环节对工作环境布局的要求是不相同的，但在总体上，实施遥感信息工程的各个环节工作环境的设施布局所遵循的原则是一致的，遵循的原则主要体现在以下四个方面。

**1. 满足生产和消防要求，保证采光、节能、通风和卫生等各种条件**

对于用来实施遥感信息工程的工作建筑环境，在遵循中华人民共和国行业规范《办公建筑设计规范》（JGJ67—2007）的基础上，应能满足遥感信息工程建设和部署等各阶段的生产和消防要求，保证基本生产的采光、节能、通风和卫生等条件。

**2. 符合工作流程的要求，有效利用现有建筑及设施条件**

在实施遥感信息工程过程中，由于涉及的技术多、投入大，可充分利用现有工作环境或对现有办公场所进行适当的改造，尽量减少工程投资、节省工程成本。但在有效利用现有建筑和设施的条件同时，也应符合遥感信息工程各环节、流程对工作环境基本的要求。

**3. 注重工作区域的景观设计，创造舒适宜人的环境**

遥感信息应用软件系统开发与集成、数据加工处理等工作，都需要由许多人来共同完成，良好的办公景观设计等外部环境也会给办公建筑内部工作人员提供一个轻松、自然的交流平台。同时一个具有愉悦感、认同感与归属感的环境亦能使工作人员感受到自身得到了承认与尊重，进而增强工作的凝聚力，提高遥感信息工程建设的效率。

4. 考虑中长期发展的需要，并适应整个区域规划要求

遥感信息工程工作环境建设既要着眼遥感产业和行业应用发展，又要考虑工程建设所在区域、城市整个规划布局的要求，特别是要考虑产业、行业和区域中长期的发展，统筹规划，避免不必要的资源浪费和重复投资建设。

# 6.1.2 工作环境布局规划

根据遥感信息工程在实施过程中涉及的各个环节的特征，其各工作环境布局规划的基本要求也有所差别，因此，可根据遥感信息工程各环节的功能分区，按工作性质和流程的设置对各工作环境区域进行独立建设或隔断改造，可分为遥感数据采集区域、遥感数据处理加工区域、遥感应用系统开发与集成区域、遥感应用系统部署实施区域等。

1. 遥感数据采集区域

遥感数据采集区域主要是为获取遥感数据而建设的场地和建筑等，主要功能是获得各种类型的遥感数据。如在卫星遥感数据采集区域规划中，要能满足遥感地面卫星接收站的天伺馈分系统、跟踪接收信道分系统、数据记录处理和快视分系统、遥测遥控分系统、任务管理分系统、测试标校分系统和时频终端设备等正常安装、运行的基本工作环境要求。

2. 专题数据处理加工区域

专题数据处理加工区域主要是制作综合应用专题数据，为综合应用示范基地提供完备的数据支撑，及时将数据处理情况反馈给产业化转换试验中心。专题数据处理加工区域的规划建设需要与年处理加工数据规模相适应，如规划建设一个中型遥感专题数据处理加工基地，其工作区域中可设置 80 个节点的数据处理机位，并部署相应的软件环境和必要的办公设施，实现年专题遥感数据处理能力达 52 万 $km^2$ 的能力。

3. 遥感应用系统开发与集成实施区域

遥感应用系统开发与集成实施区域主要是建立卫星遥感数据处理软件开发、遥感应用系统研发与集成的实验室，用于卫星遥感工艺模型的验证和工程化应用。根据工程的实际情况，该实施区场地可采用租赁形式，场地的大小根据遥感信息工程中应用系统开发与集成的规模进行规划，规模中等偏大时可设置遥感数据处理平台开发区域和遥感应用系统开发区域，并布置相应的办公设施。

4. 遥感应用系统部署实施区域

遥感应用系统部署实施区域是遥感信息系统运营的主要场所，它主要是将遥感应用系统开发与集成的成果在需要应用的区域进行实施部署运营的工作中心。一般地，遥感应用系统部署是根据应用行业特点、应用规模等规划其实施区域，如建立独立的信息中心机房，并布置相应的办公设施等。

针对某一具体行业、部门和领域的遥感信息工程建设，由于资金投入、应用规模、建设目标等不同，各工作环境建设的布局规划可根据实际建设需求增加或减少工作环境建设的投入，其建设中总的工作环境布局原则是相同的。

# 6.2  人才队伍建设

遥感应用系统分析、遥感应用模型选择、遥感数据获取、专题遥感数据加工、遥感应用系统开发与集成、遥感信息系统运营维护都离不开人的参与。另外，由于遥感信息工程涉及的技术多、周期长和范围广，往往需要各种技术人才的共同参与、团结协作才能完成。因此，人才是遥感信息工程建设的重要和关键因素，人才队伍的好坏直接关系到遥感信息工程建设进度和效率的高低，也直接关系到遥感信息工程建设的成败。

## 6.2.1  人才队伍建设目标

建设一支满足遥感信息工程建设要求的人才队伍，对于遥感信息工程顺利、圆满实施建设具有重要意义。遥感信息工程的人才队伍建设主要体现在人才数量要充足、人才的结构要合理、人才的整体素质要高等方面。

### 1. 人才数量合理

遥感信息工程的人才数量是最能体现劳动力质量的有形指标之一，其数量指能独立从事遥感数据采集、遥感数据加工、遥感信息系统开发、遥感信息系统运营等环节的专业工作的劳动者的总数。遥感信息工程是技术密集、科技含量高的一项工程，工程顺利、高质量的完成与从事遥感信息工程的人才数量和水平密切相关。具体来讲，一是从事遥感信息工程的人才数量与遥感信息工程应用规模要适应，遥感信息工程应用规模越大，相应的人才数量就应越大；二是要与实施遥感信息工程的政府部门、科研院所、企事业单位等资金和本身发展相适应，即遥感信息工程的实施单位根据自身短期和长远发展规划，在资金投入允许的范围内，制定与单位发展相适应的人才数量投入比例计划。总之，遥感信息工程的人才数量要能满足工程实施的要求，并能与遥感信息工程实施单位的资金、发展规划总体要适应，让人才尽量发挥出应有的才能，服务于遥感信息工程的建设。

### 2. 人才结构合理

理想的遥感信息工程人才结构构成是顺利、高效地实施遥感信息工程的关键因素之一，其人才结构包括专业结构、学历结构、职称结构和年龄结构等。在遥感信息工程实施的不同阶段、不同内容，其人才结构也不尽相同，但其目标是一致的。那就是人才结构一是要与遥感信息工程实施各阶段对人才需求相适应；二是人才结构比例是在资金投入一定的情况下，能够尽量最大发挥各种人才的技能，创造更多的经济和社会效益。

遥感信息工程涉及的技术主要包括计算机、GIS、全球定位系统、遥感等，因此，在遥感信息工程实施中，主要需要与遥感、GIS、计算机、测量等专业相关的技术人才，其中，在这些专业结构中，遥感和 GIS 专业比例要占整个工程人才的 50％以上。另外，遥感信息工程的学历结构和职称结构应该是"金字塔"形，处于顶层的是具有博士学位和战略眼光的工程高级管理人才以及能够进行遥感信息工程整体建设、部署规划等的人才，这部分人将决定遥感信息工程建设的方向和水平；处于"金字塔"中间的"中端"遥感信息工程人才是具有硕士或学士学位的高级技术人员，他们是遥感信息工程人才计划、部署、实施的主体；遥感信息工程还需要大量处于"金字塔"底层的从事遥感数据加工处理、软件系统编码等初级工作的程序员，这是实现遥感信息业务化运行和遥感产业化的基础所在。最后，遥感信息工程建设、实施和运营涉及时间周期长，需要构建年龄结构合理的人才队伍，这样可对遥感信息工程人才队伍的状况有更加清醒的认识，使遥感信息工程管理工作变得更加理智，有助于人力资源发展规划和人才招聘计划的制订，也能为相关人才的招募、流出与培养及相关政策的制定提供有价值的参考依据。

### 3. 整体业务素质高

在遥感信息工程实施过程中，遥感数据获取、遥感数据加工处理、遥感信息系统开发与集成、遥感信息系统运营等各环节无不需要一批整体素质较高的人才队伍作支撑，特别是当前遥感信息工程日益庞大和复杂，工程的建设仅靠部分技术人员"单打独斗"是不可能的，大多数技术岗位相互协作已成为遥感信息工程建设和运营的必然，遥感信息工程所涉及的各类技术的相互融合性和依存度也不断加强，这就需要有一批既懂遥感、GIS、计算机等专业技术又懂管理等的复合型人才，这些具有良好的交流沟通、组织协调、团队合作能力和专业技术扎实的人才是高质量、高效率建设遥感信息工程的根本。因此，遥感信息工程的人才队伍建设离不开对遥感信息工程建设人员的整体业务素质的建设和培养。

## 6.2.2  人才队伍建设思路

人才队伍建设是遥感信息工程实施过程中重要的方面，其旨在打造一支人才数量充足、人才整体素质高、人才的结构合理的技术队伍。然而，人才队伍建设本身是一个复杂的工程，需要有一套科学的方法，就当前我国遥感信息工程的建设来看，遥感信息工程的人才队伍建设的主要思路是既要注重人才引进，又要注重人才培养。

### 1. 人才引进

遥感信息工程的人才引进主要是建立遥感、GIS、计算机以及工程管理的高端人才引进通道，从遥感信息工程建设、运营的整体考虑实施人才争夺战略，吸引具有一定遥感信息工程建设基础和成功经验的成熟人才，快速填补当前遥感信息工程建设中所急需的各类人才短板。其中，在遥感信息工程建设中，一方面重点引进工程项目管理、系统工程设计管理、企业管理等高端人才；另一方面大量引进具有较强遥感信息系统、GIS 等开发与集成技术基础和经验的人才。另外，在人才引进过程中，可通过在遥感、GIS 等行业内高薪聘请，聘请外单位高端人才做常年顾问等方式获取遥感信息工程建设中所急需的各类人才。

### 2. 人才培养

目前，真正能适应我国各类遥感信息工程建设所需要的人才还比较缺乏，这就要求从事遥感信息工程建设单位必须注重其人才培养，从企业、部门的自身长远发展来重视单位内的人才培养问题，不能只用人不管人，或者只想用现成的人才等。遥感信息工程的人才培养主要从以下两个方面入手：一是有计划地组织相关技术与管理的培训，即按照遥感信息工程建设的不同要求，有计划、有组织地开展旨在提高遥感信息工程建设相关业务素质的训练活动和提高过程；二是建立良好的人才发展环境，倡导和推行尊重人才、关心人才、发展人才和服务人才的理念，理解人才追求，帮助人才成长，建立良好的人才激励机制，积极发挥遥感信息工程人才资源在工程建设中的基础性、支撑性、推进性作用，充分利用竞争机制促使各类优秀人才脱颖而出。

# 6.3  硬件系统建设

在遥感信息工程中，涉及的遥感数据采集、遥感数据的加工处理、遥感信息系统的开发与集成以及遥感信息系统运营等环节都离不开硬件系统的支持，硬件系统是遥感信息工程建设的基础。在遥感信息工程的各阶段，由于其应用规模、适用范围等方式不同，其组网方式、硬件配置等也不尽相同，但有关硬件系统建设的基本原则和主要内容基本是相同的。

## 6.3.1  硬件系统建设原则

遥感信息工程建设中有关硬件系统建设，主要是根据工程项目设计的组网方式、部署模式、性能要求、资金投入等情况进行采购相关设备和仪器。在购置相关硬件过程中主要遵循先进性、适用性、经济性、开放性、可靠性等原则。

### 1. 先进性原则

遥感信息工程建设中采购的有关硬件（如扫描仪、光谱仪、计算机、绘图仪、交换机等电子器材）应该具有一定的先进性，即采购的这些硬件系统其技术、性能等各方面指标应该先进，尽量能满足低耗要求，从而避免短期内因技术陈旧造成整个系统性能不高和过早淘汰。

### 2. 适用性原则

遥感信息工程建设中采购的有关硬件遵循适用性原则主要是在充分考虑先进性的同时，硬件系统应立足于遥感信息工程建设单位和用户对整个工程的具体需求，不宜盲目采购、过分追高，应优先选择先进、适用、成熟技术，且能最大满足工程建设需要的设备，最大限度地发挥投资效益。

### 3. 经济性原则

遥感信息工程建设中采购的有关硬件遵循经济性原则主要是在满足本项目研发及工艺要求前提下，要按经济规律办事，讲求投资的经济效益，降低成本。一是国内设备能满足研发及工程建设要求的，应尽量选用；二是比较昂贵且使用频率比较低的硬件设备可采取租赁等方式；三是由于遥感信息工程建设中涉及技术多、建设周期长，在工程建设中应采取有重点的、分步的建设形式。

### 4. 开放性原则

遥感信息工程建设中选择的相关硬件产品具有一定的开放性，主要是还应考虑硬件系统兼容性和可扩展性。一方面，遥感信息系统需要将遥感数据、遥感处理系统、GIS 以及各类硬件设备进行集成，硬件系统设备应优先选择根据已有国际标准设计、生产的标准化设备，避免因兼容性差造成系统难以集成、升级和拓展；另一方面，随着经济和技术的不断发展进步，遥感信息工程的建设规模、信息化程度也会不断扩大和提高，用户的需求也会不断变化，系统的硬件在资金投入允许的情况下应充分考虑未来可升级性。

### 5. 可靠性原则

遥感信息工程建设中采购的有关硬件遵循可靠性原则主要是体现在：一方面，遥感信息工程建设所需的硬件系统在选择时尽量选择性能价格比高、技术成熟、系统稳定的硬件设备；另一方面，选择硬件系统的厂商应具有良好市场信誉和良好售后服务。

## 6.3.2 硬件系统建设内容

根据不同的遥感信息应用需求，遥感信息工程建设中所涉及的硬件系统也不同，但主要是由数据采集硬件系统、数据加工处理硬件系统、数据集成存储管理与应用硬件系统、遥感信息输出硬件系统以及数据通信传输硬件系统等组成。

遥感信息系统的数据采集硬件系统可以包括无人驾驶飞艇、数字摄影测量仪器、数码相机、野外光谱仪、土壤水分测量仪、静态/动态 GPS 仪、数字化仪、扫描仪、解析测图仪和全站型测量仪器等硬件设备；数据加工处理硬件系统主要包括遥感图像处理工作站、高性能计算机等硬件设备；数据集成存储和管理硬件系统主要包括数据服务器、Web 应用服务器、高性能 PC 机、笔记本式计算机、光纤磁盘阵列、磁带机、光盘机、活动硬盘等硬件设备；遥感信息应用和输出系统主要包括高性能显示器、投影仪、绘图仪、打印机等硬件设备；数据通信传输硬件系统主要包括布线系统、网桥、路由器、交换机、网卡、防火墙等硬件设备。

硬件配置的选择取决于遥感信息工程项目的任务和经费投入，硬件设备的投资在遥感信息工程建设总投资中往往占较大比重，除按预算金额提出设备清单外，还考虑投资使用的优先顺序，把工作开始就绝对需要的设备和一段时间以后绝对需要的设备，作为优先和次优先购置的项目，今后有用而暂时不用的设备留待以后购置，另外对于比较昂贵且适用频率较低的硬件设备可采取租赁等方式。

# 6.4 软件系统建设

软件系统是建设遥感信息工程的核心，软件系统主要包括系统基础平台软件、遥感平台软件、遥感应用软件等。软件系统的建设主要是：一是采购系统基础平台或比较成熟的遥感数据处理工具软件；二是开发能满足遥感信息系统建设需要的遥感集成平台；三是在遥感基础平台基础上开发相应遥感信息应用系统。

## 6.4.1 系统基础平台建设

系统基础平台软件主要由操作系统、数据库系统、遥感数据处理工具软件以及基础软件构件组成，该软件系统主要是部署在有关数据服务器、Web 服务器以及客户端上。其中，常见的操作系统主要有 UNIX、Linux 和 Windows 等系列软件；数据库主要有 Oracle、SQL Server、Sybase、DB2、DM 等国内外数据库系统；遥感数据处理工具软件主要有 MapGIS-RSP、ERDAS、PCI、ENVI、ERMapper 等国内外遥感数据处理工具；基础软件构件主要有 .NET FrameWork、Tomcat、Websphere 等。

**1. 系统基础平台软件选择遵循原则**

系统基础平台软件选择得合理与否，对于遥感信息系统的设计、开发与集成等各个阶段都具有深刻的影响，甚至可以说它是遥感信息工程建设成败的关键因素之一。系统基础平台软件的选择主要是要遵循系统性能能满足遥感信息系统建设的需要，具有良好的性价比、扩充性、开放性和兼容性等，并根据工程建设、应用规模和资金投入情况选择合适的系统基础平台软件，避免盲目追求高指标、高性能，造成部分功能闲置。在选择系统基础平台软件时，应对现有相关系统基础平台软件市场有一个比较清楚的了解，并掌握厂家对软件性能测试的研究报告和对厂家提供的性能指标的研究，通过老用户或亲自体验等形式了解相关软件系统性能。

**2. 系统基础平台软件选择方法步骤**

遥感信息工程建设中有关系统基础平台软件的选择的方法步骤如下。

1) 工程设计分析

工程设计分析主要是根据遥感信息应用需求，初步规划出系统应用规模和系统部署模式等，并提出系统性能、用户使用习惯等多方面要求，归纳总结形成工程设计分析文档，供后续软件选择作为重要技术参考。

2) 广泛调查分析

广泛调查分析主要是搜集一些有关操作系统（如 Windows、UNIX、Linux 等）、数据库（如 Oracle、SQL Server、Sybase、DB2、DM 等）、遥感数据处理工具软件（如 MapGIS-RSP、ERDAS、PCI、ENVI、ERMapper 等）和基础软件构件（如 Tomcat、Websphere 等）的性能资料、解决方案材料等，参加相关厂家的展示，并对遥感信息工程建设成功单位进行调研，访问相关系统基础平台软件老客户等，最终形成有关系统基础平台软件性能、特点的调研报告。

3）重点分析测试

在广泛调查分析的基础上，形成几个重点调查的基础软件平台对象，一般选 3 个左右系列产品为宜，并争取系统基础平台软件厂家提供支持，以借用或租用的形式进行相关软件试运行，这样可对软件进行了一般性了解，并根据遥感信息系统比较关注的重点功能、性能进行相关功能和性能测试，形成基础软件平台的各项功能、性能测试信息报告。

4）撰写调查报告和建议

对调查分析的结果进行总结，并通过书面调查报告提出科学的分析报告和合理建议。

## 6.4.2 遥感集成平台开发

### 1. 遥感集成平台要求

目前，随着航空航天技术、成像遥感技术和计算机技术的快速发展，各种遥感平台和遥感器无论种类、数量还是质量都在不断提升，各种航空航天成像遥感平台获取了大量的高分辨率遥感影像数据。另外，遥感信息处理和方法不断取得突破，国内外出现了一些功能强大的专业图像处理软件，如 MapGIS-RSP、ERDAS、PCI、ENVI、ERMapper等。并且，国内外许多地区和部门基于这些遥感信息处理软件平台开发出许多针对各自业务和应用的遥感应用系统。但是，有关遥感数据信息的应用主要还存在以下几个方面的不足。

1）海量多源异构空间与非空间数据管理与集成共享困难

目前，除无人飞机、飞艇、航空飞机等航空遥感平台外，世界各国共发射了已超过3000 颗各种人造地球卫星，并且卫星及其他遥感平台的数据和其有效载荷也不断增加，从不同高度遥感平台和不同传感器获得的各种不同比例尺、不同的空间分辨率、不同的波谱段和不同时相的遥感影像数据"如同下雨一样向地面传送"。地面数据处理系统需要有效存储管理与集成共享这些海量的卫星遥感数据，充分发挥遥感数据信息的社会与经济效益。但是，由于现有遥感数据大部分局限于部门应用，部门和地区之间信息共享的机制与制度尚未建立，遥感信息共享标准体系和共享环境建设还有待完善，这些传送下来的海量的异构、多尺度遥感数据很难进行集成管理与共享，直接降低了遥感数据可利用范围和程度。

2）遥感集成平台的数据处理与服务能力有限

目前卫星及其他遥感平台向地面传输大量的各种遥感数据，直接挑战地面数据处理系统对多种遥感数据的处理能力；另外，遥感与 GIS 应用需求也日益快速增长，直接挑战地面数据处理系统的服务能力，要求遥感信息系统能够挖掘出更多更有用的数据信息。虽然，目前国内外出现了许多遥感影像数据处理软件，能针对各种不同遥感应用进行数据加工处理，但这些遥感平台对这些日益增长的数据处理与服务显得有些力不从心，往往需要不断打补丁和升级，同时，也很难做到对各类数据处理与服务的"无人值守"，极大地降低了遥感数据的利用程度和范围，制约了遥感信息的产业化发展。

3）遥感与 GIS 系统平台独立开发运行，平台与应用系统集成困难

随着国内外遥感信息处理技术与 GIS 技术不断进步，国内外出现了一些功能强大的专业遥感影像处理与 GIS 平台系统，如 MapGIS-RSP、ERDAS、MapGIS、ArcGIS等。国内外许多地区和部门基于这些遥感信息处理与 GIS 平台开发出许多针对各自业务的应用系统，这些应用系统中有部分实现了与 GIS 系统集成。但是，整体上还处于独立开发、孤立运行的状态，软硬件平台不统一，严重缺乏统一性和系统性，需要进一步整合，这些应用系统没有在全国范围内形成长期业务化运行能力，而且很难对不同部门不同行业已建立的 GIS 应用系统、遥感应用系统等各类信息系统进行有效的兼容和集成，也很难对已有的各项功能进行灵活复用，往往是先建新的"信息烟囱"后拆旧的"信息烟囱"，造成了大量资源浪费。另外，部分遥感与 GIS 应用系统实现集成，但往往是在统一遥感平台下进行的集成，很难对异构平台系统进行集成处理。

4）应用系统扩展困难，系统开发难度大、周期长

随着信息技术突飞猛进的发展，业务应用系统构建技术发展也是日新月异，基本可以分为三个阶段：应用函数接口阶段、组件化阶段、可视化快速构建阶段。国外 GIS相关应用系统建设技术目前集中在前两个阶段向第三个阶段转化的过程中，已广泛开始采用脚本与组件结合，部分采用了快速构建的方式构建遥感或 GIS 应用业务系统，但对于大型面向业务的跨部门、跨平台、综合性、多层次与多领域的遥感应用系统较少涉及。另外，传统的基于某一特定遥感平台的遥感应用商用软件开发模式，使得遥感应用系统扩展困难，系统的开发难度大和开发周期长，不能满足不断增长的遥感应用需求，遥感在各行各业的应用急需快速可视化的二次开发模式。

因此，遥感集成平台需要能够提供在分布式异构环境下对各类遥感数据及其他空间、非空间数据进行有效的集成管理，能够满足对各类遥感数据处理与服务能力不断增长需要，具备高扩展性，能够对异构的功能资源具备搭建级别复用，能兼容多种遥感和GIS 平台的已有和正在建设的系统，能对这些系统有效集成，并且提供灵活的快速可视化搭建的二次开发方式，使得系统在设计不断调整过程中，开发与维护变得非常容易等。

2. 遥感集成平台实现技术

1）遥感集成平台架构

为了使遥感集成平台满足以上要求，遥感集成平台应采用悬浮倒挂式的架构，这种架构是一种面向服务的体系架构（service-oriented architecture，SOA）（图 6-1）。SOA架构是一种粗粒度、松耦合服务架构，服务之间通过简单、精确定义接口进行通信，而不涉及底层编程接口和通信模型。SOA 将应用程序的不同功能单元（称为服务）通过这些服务之间定义良好的接口和契约联系起来，这使得构建在各种这样的系统中的服务可以以一种统一和通用的方式进行交互。在这种架构下，无数软件制造者可将它研制的软件功能以"服务"形式提供出来，各功能之间是相互独立的，并以一种称为"松耦合"的协议机制来组合。因此，在 SOA 架构下遥感集成平台易于扩展和功能服务重用，更易于数据和功能的集成、管理和维护，并能够适应不断变化的客户与市场需求。

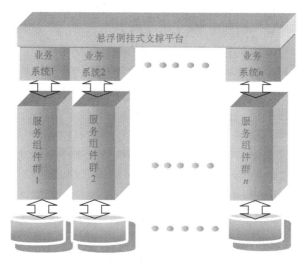

图 6-1　悬浮倒挂式支撑的平台架构

2）遥感集成平台组成

根据遥感集成平台的体系架构，该平台可按照多层体系结构建立相应的总体架构，具体可以分为用户层、框架层、功能插件层、仓库管理层等，如图 6-2 所示。在具体的遥感信息工程建设中，功能插件层可以根据应用需要不断被丰富，并在仓库管理层的构件仓库中被统一管理、统一维护；仓库管理层主要是用来统一管理各类功能/模型资源和数据资源，即可以将已有或扩展的遥感基础模型、遥感专业基础模型、遥感综合应用模型放入仓库中统一管理和维护，另外还可以将分布在服务器、工作站、主机上的各类

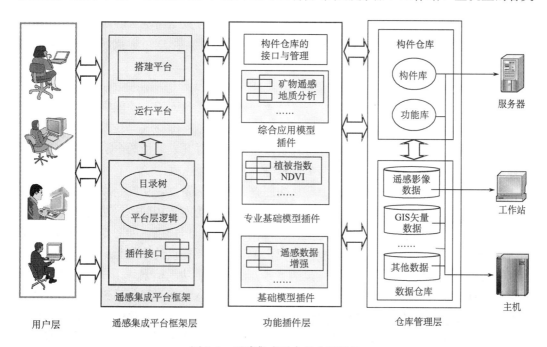

图 6-2　遥感集成平台的分层结构

异构遥感数据资源和其他数据资源以仓库形式进行统一管理；框架层主要是为用户提供基于框架进行搭建、配置得到具体遥感应用系统解决方案的二次开发和运行环境；表示层主要是为用户在客户端提供异构数据表现和信息可视化等功能。

遥感集成平台采用多层结构，通过层与层之间建立符合国际标准的访问接口，并根据遥感应用具体需求扩展平台的某一层，从而使得遥感集成平台具有良好的灵活性和伸缩性。另外，遥感集成平台采用"框架＋可聚合的插件＋功能仓库＋数据仓库"的模式，平台框架提供遥感集成平台逻辑，负责装载/卸载针对不同遥感应用的功能插件，并针对已经存在的功能插件，通过功能仓库进行配置，形成新的功能插件，这种插件就是可聚合的插件。

3) 遥感集成平台主要技术

采用基于 SOA 的悬浮倒挂式架构的遥感集成平台，按照多层体系结构进行设计，还需要利用数据仓库、功能仓库、目录系统等主要关键技术才能实现对海量多源异构数据的集成管理，实现对异构的功能/模型资源具备搭建级别复用等功能，从而满足遥感信息工程建设的有关遥感集成平台的要求。

(1) 数据仓库技术。数据仓库是将存放多种类型数据（如异构的遥感数据、矢量数据、文档数据等）的数据库作为数据源，经过抽取、清洗和加载等几个环节处理后得的面向主题的、集成的、不可更新的数据信息。在数据仓库的构建中，数据的抽取是数据进入仓库的第一步，它负责数据的迁移，即从各种类型数据的数据源中导入到数据仓库。由于海量遥感、矢量数据比较复杂，容易出现重复记录、丢失值、拼写变化等错误，因此，数据在入库前需进行清洗，以确保数据仓库中数据的一致性和准确性。数据清洗要遵循面向主题、高效率、将数据处理成有意义等原则，数据清洗的内容主要包括数据探查、数据标准化、字典表建立、乱码清洗、脏数据修改、数据匹配等。数据加载是将从多源数据库中提取的数据经过通用数据清洗和业务数据清洗后的面向主题的高质量数据信息通过遥感集成平台目录服务加载到目录系统中，形成目标数据仓库，从而实现对异构海量数据的统一集成管理。

(2) 功能仓库技术。功能仓库技术主要是实现对各种异构功能资源（如功能组件、插件、流程、服务等）集成管理，即需要完成异构功能资源入库、功能资源聚合、功能资源发现、功能资源维护、功能资源管理等功能。基于悬浮倒挂式柔性架构的遥感集成平台，其功能仓库应为用户提供设计时开发环境和运行时开发环境两个层次，支持运行时开发过程中，数据处理和功能模型扩充相分离。

第一，功能仓库层次化概念模型。从功能仓库开发的角度，功能仓库应为用户提供一套规范和工具，用于解决异构功能资源的集成管理和功能复用问题。功能仓库概念模型可划分为可扩展服务层、仓库管理层、可视化工具层、用户层，如图 6-3 所示。

在功能仓库的层次化概念模型中，可视化工具层主要提供的功能是：一方面以友好的界面形式与最终的用户交互，提供包括服务方法管理、功能检索、用户查询等功能仓库工具，从而实现对整个功能资源的可视化管理；另一方面通过提供系统和功能的搭建配置工具，即包括提供右键菜单、系统菜单、工具条、状态栏、热键、交互的可视化系统配置和提供工作流实现功能的搭建配置等。仓库管理层实现对功能插件库、功能方法库、流程库、模型库和功能元数据库的统一资源管理，模型库中包含有遥感基础模型、

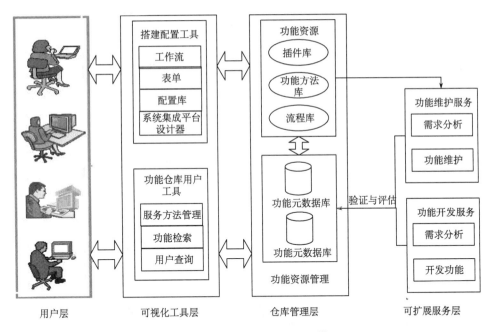

图 6-3　功能仓库的层次化概念模型

遥感专业基础模型、遥感综合应用模型等，功能元数据库是提供对功能或模型资源描述的集中存储，描述功能资源的包括标题、开发人员、概述、类型、关联属性、功能说明以及通过扩展实现的用户增加的属性等，功能仓库中的各类功能或模型库都支持在工作流引擎中搭建。可扩展服务层主要是通过标准的接口规范提供功能维护服务和功能开发服务，增加针对特定遥感应用领域的功能仓库的扩展性。

　　第二，遥感建模环境层次结构。为了满足遥感不同应用需求，遥感集成平台的功能仓库中需提供灵活的遥感建模环境，能够实现将业务逻辑和功能相分离，可采用基于构件和工作流的方式构建遥感建模环境，该环境可以划分为三层结构，分别是功能资源层、构件调度层和遥感建模环境层，如图 6-4 所示。

　　在遥感建模环境层次结构中，功能资源层主要是由不同粒度的功能构件组成，如小粒度基础构件、通用构件、业务构件等；工作流引擎调度流程中的活动其实际就是调度构件，当一系列活动形成过程在工作流引擎调度下完成过程实例时，其实际就是在工作流引擎的调度下实现了构件的组装。遥感建模环境层主要是在资源功能层和构件调度层的支撑下提供负责模型建立功能，即构建一连串按业务逻辑连接的节点，每个节点上绑定一个功能构件，调用起始节点启动整个流程，并根据一定逻辑条件依次执行被调用流程节点上绑定的功能构件。

　　第三，功能重构与聚合。遥感集成平台的功能仓库为了能实现功能灵活复用，在功能仓库应用定义一系列的标准规范，利用工作流技术实现用户对功能组件库、功能插件库以及基于流程的原子功能进行搭建和重组，以获得大粒度功能，从而达到搭建级别的可复用。另外，功能仓库还可以根据需求的变化，对流程进行即时的调整；搭建或调整后的功能可以放入到工具箱和功能仓库，作为另一更大粒度流程功能/模型的子功能节

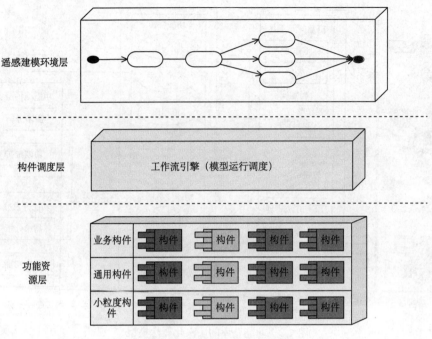

图 6-4　遥感建模环境层次图

点，使其功能得到极大丰富，并且在功能仓库中的各功能可以为多个工程共享，利用这些各种粒度的功能/模型插件，可搭建面向各行业、各部门、各领域应用的遥感信息系统，如图 6-5 所示。

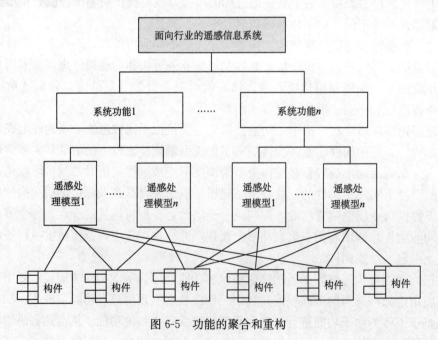

图 6-5　功能的聚合和重构

第四，目录服务技术。遥感集成平台可以通过目录服务将各类功能资源、数据资源以及系统的菜单、工具条等以层次化目录树的形式来表现。遥感集成平台的目录服务是数据仓库实现目录管理的一项重要技术。目录服务是提供给用户有效管理多源异构数据的一种服务，它提供了数据资源录入的目录系统的标准，定义了对录入的数据实现动态分组驱动按需求建树的可扩展规则，并在目录系统层面实现遥感集成平台对多源异构数据的统一管理，根据用户关心主题的不同，按主题层次生成动态的资源管理器式目录结构。目录服务系统的组成结构如图 6-6 所示。其中，遥感集成平台的目录服务主要有三部分组成：数据录入器、规则设计器和业务规则驱动。

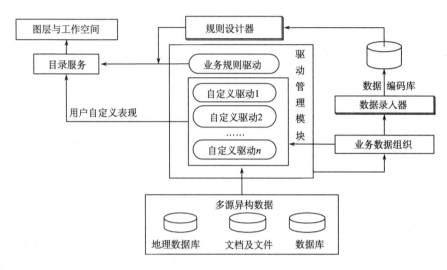

图 6-6　目录服务系统的组成结构

### 3. 遥感集成平台主要功能

遥感集成平台采用悬浮倒挂式的体系架构，利用数据仓库、功能仓库以及目录服务等技术进行构建，该平台主要可提供统一的多源异构数据集成管理，对异构功能/模型资源任意灵活搭建和系统有效集成，并能提供灵活、快速的可视化二次开发等。

1）强大的海量数据集成管理功能

遥感集成平台是一种强兼容性的数据仓库，具有对分布式多源异构空间数据的管理能力，即可以在同一个框架下，把来自不同生产厂商、不同格式、不同标准以及分布在不同位置上海量的遥感数据、矢量数据以及文档数据等，统一在遥感集成平台上集成管理。

2）灵活、丰富的功能/模型仓库

遥感集成平台功能/模型仓库可以至少提供 200 个遥感基础模型，包括影像分类、滤波处理、变换分析、二值化与数学形态学处理、影像运算、影像校正、影像镶嵌、影像融合、变化检测等，提供至少 100 多个共享程度较高的遥感专业基础模型和遥感综合应用模型，并具备集成 1000 个模型和工具的能力，同时可灵活扩充至几千个模型和工具的能力。其中，这些功能/模型中可提供一套完整的遥感数据处理流程，包括能针对各种不同遥感应用进行专题数据加工处理流程，做到对各类数据处理与服务的"无人值守"，并具有一定的容错能力。

3）方便、快捷的二次开发平台

遥感集成平台可为面向各领域的遥感信息应用系统提供快速构建能力，支持应用方案的集成搭建和配置可视化，提供搭建式、配置式和插件式等多种二次开发方式，抛开了复杂的编码方式，具有"零编程、巧组合、易搭建"的可视化开发特点，普通用户也可参与到遥感应用系统的开发，极大提高了遥感信息应用系统适应需求不断变化的能力，使得遥感信息应用系统很容易扩展，降低了遥感信息应用系统的开发难度和开发周期，扩大了遥感数据的利用程度和范围，促进了遥感信息的产业化发展。

4）强大、安全的遥感应用系统集成平台

遥感集成平台采用松耦合的悬浮倒挂式体系架构，平台可与各类遥感信息应用系统硬件、操作系统进行有机集成，并且利用数据仓库可以很方便地对各类多源异构遥感数据进行有效集成，利用功能仓库可以将符合标准规范的各类遥感影像数据处理、分析工具以及其他 GIS 功能等进行有机集成。另外，采用基于 GUID 资源转换与元数据过滤规则形成安全的数据仓库和安全的功能仓库的模式，保障了数据和功能的安全。这样在遥感集成平台提供统一的框架下，实现多个系统的协调工作。

## 6.4.3　遥感应用系统开发

随着遥感、GIS 等应用的不断扩展，系统需求不断增加，其实现难度也越来越大。传统的面向对象、组件化技术已经不能适应当前遥感信息应用系统建设的需求，遥感信息应用系统的开发必须采用新一代的面向搭建式的程序开发，而遥感集成平台具有"零编程、巧组合、易搭建"的可视化开发特点正好能满足当前各类遥感信息应用系统的开发要求。

### 1. 开发模式

基于遥感集成平台的应用系统开发模式，是集搭建式、配置式、插件式等二次开发模式为一体的新一代开发形式，该模式辅以少量编码的插件式二次开发（如果功能仓库资源足够丰富，可以实现零编码）就可以快速地构建不同领域、不同行业的各类遥感信息应用系统。

1）搭建式

遥感集成平台为实现搭建式二次开发方式，主要提供了搭建及运行框架系统、业务功能流程搭建系统、界面搭建（自定义表单）系统等。搭建式开发过程是通过鼠标拖动构件到指定位置，整个过程像搭积木，构件间的逻辑关系可通过可视化环境进行设置，不用写任何程序代码，让遥感应用系统开发从关心技术、实现细节功能，转向关心业务。

自定义表单系统是一个集页面制作、报表制作、数据访问存储、数据展示、数据验证、表单维护、数据库基本操作、功能插件管理、插件开发于一体的表单可视化开发环境。它彻底解决了传统方式下用户要通过编程才能进行表单开发的问题，实现了全部拖放式开发表单功能。

业务功能流程搭建系统主要是利用工作流提供的应用逻辑和过程逻辑相分离的技术，可以在不修改具体功能模块实现方式的情况下，通过修改过程模型来改进系统性能，实现对生产经营过程部分或全部的集成管理，提高软件的重用率，发挥系统的最大效能。工作流管理系统为企业的业务系统运行提供一个软件支撑环境，通过工作流可视化建模工具，可以灵活地定义出各类遥感应用模型、遥感数据加工流程等，使用户的工作中心由程序开发转移到业务分析和业务建模上来。

搭建及运行框架集成了工作流管理系统、自定义表单管理系统、业务功能搭建系统等，同时提供丰富的二次开发接口，具备完善的扩展机制，提供辅助开发配置工具。搭建及运行框架系统以服务为中心，即服务的注册、查找、描述、调用都是以服务为中心，并且可以根据需要动态地查找和组合服务，完成特定的功能。

2）配置式

遥感集成平台提供的配置式二次开发方式，主要是可以通过配置工具将功能资源、数据资源、目录、工具箱、视图、菜单、程序模板、实例模板、引导式加载程序等以可视化配置的方式构建遥感信息应用系统，遥感集成平台的功能仓库在功能资源非常丰富的情况下，遥感信息应用系统的构建完全是零编程。

遥感集成平台提供的可视化工具——菜单设计器，可根据不同遥感应用需求，将各个节点配以不同的功能菜单；通过配置工具定义各种不同的界面角色，即集成平台的树设计器为节点配置了数据类型，当加载相应的插件和数据时系统框架也相应加载不同的界面角色；通过配置目录树工作区，聚合各种用户功能插件，实现集丰富的数据管理和操作于一体，目录树工作区是遥感集成平台目录树操作和管理数据的场所；遥感集成平台提供的驱动配置管理器用于配置遥感集成平台的驱动，通过配置驱动，遥感集成平台可扩展多种多样的功能插件，从而使遥感集成平台具有丰富多彩的数据表现能力和数据操作管理能力；另外，在遥感集成平台中还可创建功能插件，如通过对话框向导完成用户自定义插件的新建项目、添加类、应用程序设置、字符集设置、目录配置、版本配置等创建自定义插件等。

3）插件式

遥感集成平台的功能仓库系统提供功能插件开发环境和应用系统框架，利用插件技术扩展功能/模型，在二进制级上集成软件，不需要对应用系统框架程序进行重新编译和发布，能够很好地实现功能模块的分工开发，代码隐藏，保护软件开发第三方的知识产权。将专题业务封装为功能插件，功能仓库系统框架作为插件容器，提供符合功能访问标准的访问方式，以及灵活的功能资源管理框架，实现功能集成管理。具备二次开发能力的用户可以利用功能仓库提供的标准插件接口开发领域专业插件，实现功能扩展。

遥感集成平台插件不依赖于某一种开发语言，可以直接嵌入到通用开发环境中实现各类遥感业务功能，而其他的专业功能或模型也可以使用这些通用开发环境来实现，也可以插入其他的专业性模型的分析控件，各个模块之间可以实现高效、无缝的系统集成。遥感集成平台的功能仓库中，无论是插件资源，还是组件资源，都是可以不断地扩充的。利用遥感集成平台提供的开发环境制作的插件能够自由访问程序中的各种资源，实现真正意义上的软件插件的"即插即用"，能够很好地实现软件模块的分工开发，可较好地实现代码隐藏，保护软件开发第三方的知识产权。将各个专题业务封装为功能插件，遥感集成平台功能插件库作为插件的容器，业务用户使用系统时会自动动态装入所需业务的插件。

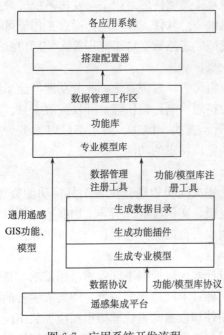

图6-7　应用系统开发流程

### 2. 开发流程

根据遥感信息应用系统的需求，基于遥感集成平台开发各应用系统的流程如图6-7所示。在开发应用系统过程中，用户利用功能库、模型库和数据管理工作区中提供的功能、模型和数据，通过搭建配置器生成各应用系统。其中，功能库或模型库中既提供遥感集成平台的遥感基础模型、遥感专业基础模型，又可以加入自定义的遥感综合应用模型。自定义的业务功能或模型需要按照功能/模型协议生成，然后通过注册工具将该功能/模型纳入功能库或模型库，这样才能使用自定义的业务功能或模型。同样，如需管理其他扩展的空间数据，需要按照数据协议生成数据目录，然后通过注册工具将该数据纳入数据管理工作区，这样才能管理和使用扩展的空间数据。

### 3. 开发步骤

遥感集成平台为遥感信息应用系统开发提供一组规范和一套工具，利用规范和工具快速构建与扩展面向各领域应用系统的一般模式，主要包含数据组织、业务功能和模型开发、应用系统搭建等步骤。

1）数据组织

面向不同应用的数据在数据表达方面也不相同，而数据表达的基础是数据组织。遥感集成平台的数据管理器以目录树层次结构的方式组织表达数据，能够清晰表现数据节点间的语义关系，为用户快速定位数据提供导航。在数据组织过程中，利用规则设计器完成数据与功能的绑定，根据用户关心主题不同，目录系统生成动态目录树等。

2）业务功能和模型开发

遥感应用系统的开发模式由过去的单一编写代码转变为搭建式、配置式、插件式并行的开发方式，此开发模式注重功能/模型的积累与复用。在遥感信息应用系统开发过程中需遵循遥感集成平台提供的相关插件规范、工作流搭建存储规范等，利用遥感集成平台提供的设计时工具，包括功能开发工具和功能维护工具，开发业务功能，并对所开发的功能/模型进行验证与评估，检验功能是否符合入库标准，符合标准的功能/模型注册入库，最后通过工作流工具搭建大粒度的功能，实现规则绑定、功能绑定以及数据绑定。

3）应用系统搭建

利用遥感集成平台的设计工具设计 C/S 或 B/S 界面框架，具体包括界面元素、界面布局、界面风格以及界面角色等，同时完成界面与功能的绑定。利用工作流工具实现业务流程层面的搭建，建立 Web 站点，利用动态表单设计器配置 Web 页面，绑定功能，利用工作空间管理器完成数据与功能组合，利用权限管理器定义权限，包括数据权限和功能权限，使用户在访问同一类型数据时具有不同的操作权限。在运行时，系统将依照界面角色加载不同的数据、功能。应用系统启动过程如图 6-8 所示。

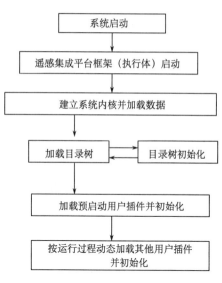

图 6-8　应用系统启动过程

4.　开发优势

遥感集成平台提供的搭建式、配置式以及插件式等开发模式对开发人员的要求大大降低，让用户从关心技术、实现细节功能，转向关心业务，注重专业流程分析，而不是把大量的时间花在编码方面。与传统开发模式相比较，基于遥感集成平台的新一代开发模式革新了软件生产的流程，降低了技术开发难度，提高了开发效率等，下面从三个方面进行分析比较。

1）开发难度低

传统的软件开发技术是基于面向过程、面向对象组件化等形式的开发方式，对计算机程序员编程技术要求高，大量手工重复作业，不能机械化生产（系统靠程序员编程与调试），针对具体行业应用不能进行规模化"生产"，必须依靠程序员手工编程来进行调试，因此技术开发难度大。而遥感集成平台新一代软件开发模式可以实现零编程，减少了软件的开发量，提升了软件的开发质量。

2）开发效率高

传统的开发模式遇到软件需求变化（如政策调整、业务调整、用户认识的提高等）时，需要以具有一定编程技术的专业人员为主导，通过与用户沟通对变更进行需求分析、风险分析、总体设计、详细设计等一系列流程处理，再由专业编程技术人员根据分析设计具体实现变更，这种流程严重降低了开发效率，同时还会存在沟通方面的风险。而遥感集成平台新一代软件开发模式让用户、普通业务人员均可参与开发，可以给用户提供非常丰富的功能（工具）、友好的可视化编程环境，用户可以参与其中，自身就能轻松地根据变化的需求进行软件功能的改进。

3）技术人员比重降低

传统的开发模式是程序员占主体的开发团队，它以大量的精通编程技术的程序员为主、以熟悉业务技能的人员为辅进行系统开发，这种人员结构加大了系统开发对编程技术的依赖性，削弱了业务需求在系统开发中的地位。而遥感集成平台新一代软件开发模式是技术支持人员占主体的"用户＋技术支持人员"的开发团队，它对人员编程技术要求低，使得人员结构能够以熟悉业务技能的人员为主，更重视并贴近于业务需求与实际应用，彻底地改变目前以程序员为主体的人员结构配置。

# 6.5　系统集成建设

由于遥感信息系统涉及的数据、硬件系统和软件系统较多，而且类型各异，为了使整个系统能协调发挥作用，在完成相关硬件和软件系统的采购和开发后，需要对各类遥感信息系统的软、硬件进行集成。在遥感信息系统集成过程中，集成的内容、集成的方式和方法等是遥感信息系统集成建设的核心。

## 6.5.1　系统集成概念

系统集成就是通过计算机网络、通信等技术，将各个分离的硬件设备（如数据服务器、应用服务器等）、软件系统和各类多源异构数据等集成到相互关联的、统一的系统之中，使整个系统的硬件资源、软件资源和数据资源等达到充分共享，并实现整个系统集中、高效、便利的管理。系统集成实现的关键是要解决数据与数据、数据与软件、软件与软件、软件与硬件、硬件与硬件等之间的互联互通的问题，它是一个多厂商、多协议和面向各种应用的体系结构，需要解决各类设备、子系统间的接口、协议等问题，也需解决子系统、建筑环境、工程实施、组织管理和人员配备相关的一切面向集成的问题。系统集成包括硬件集成、网络集成、数据集成、软件集成等多种集成技术。

系统集成要求所有软件、硬件、数据等整合在一起后不但能工作，而且还要求系统在能满足用户需求的前提下，使整个系统达到低成本、高效率、高性能、可扩充、可维护、整体性能最优的目标。系统集成涉及技术、管理等方面因素，是一项综合性的系统工程，系统集成技术包括系统设计、调试与开发等方面的技术，技术是系统集成工作的核心，管理活动等是系统集成项目成功实施的可靠保障。总之，系统集成是一种管理行为，其本质是一种技术行为。

## 6.5.2　系统集成内容

遥感信息工程集成主要是讨论针对遥感数据信息在各领域、各行业应用中所涉及硬件、软件、数据、组织管理之间集成的技术和内容。遥感信息工程集成需要解决各类硬件设备（包括遥感数据采集设备、计算机和网络设备等）、各类遥感数据、遥感集成平台、遥感信息应用系统间的接口、协议、组织管理和人员配备相关的一切面向集成的问题。其中，遥感信息工程中系统集成技术主要包括遥感数据在内的各类空间数据与非空间数据的集成管理与共享、遥感集成平台构建、遥感信息应用系统快速搭建技术等，集成内容主要包括设备系统的集成、数据集成、遥感集成平台集成、遥感应用系统的集成、系统环境集成等内容。

1. 设备系统集成

设备系统集成，也可称为硬件系统集成，它主要包括数据采集硬件系统、数据加工处理硬件系统、数据集成存储和管理硬件系统、输出系统硬件和网络系统硬件等的有机集成。根据遥感信息工程建设规划，将采购的各类静态/动态 GPS 仪、数字化仪、扫描仪、解析测图仪等数据采集硬件设备，遥感图像处理工作站、高性能计算机等数据加工硬件设备，数据服务器、Web 应用服务器等数据集成存储和管理硬件设备，投影仪、绘图仪、打印机等输出系统硬件设备，布线系统、路由器、防火墙等网络硬件设备进行连接，并安装相关系统软件进行集成调试。

2. 数据集成

数据集成的内容主要包括异构的各类空间数据和非空间数据，其中空间数据包括国内外常用 GIS 软件所支持的矢量数据和国内外常用遥感影像处理软件所支持的栅格数据，非空间数据包括各种文档和表格数据等。

1) 集成数据类型

（1）多源遥感数据。集成的多源遥感数据主要包括多源遥感影像数据（包括不同传感器、不同分辨率以及不同时相的遥感影像）。如 Geotiff、CEOS、HDF 等多种基本遥感影像格式，RAW、TIF、GIF、JPG 等多种通用影像格式，以及 MSI、PIX、IMG、ENVI 等多种商用软件的影像格式。

（2）GIS 矢量数据。集成的 GIS 矢量数据主要包括国内外常用 GIS 软件所支持的矢量数据，如 AutoCAD 支持的 DWG 和 DFX 数据，ArcGIS 的支持的 E00、Shape、Coverage 及 Geodatabase 等数据，MapInfo 支持的 Mid 和 Mif 数据，MapGIS、GeoStar、SuperMap 等支持的矢量数据等。

（3）文档数据。集成的数据还包括支持各种文档数据，如 Word、Excel、PowerPoint 等办公软件支持的数据，也应支持 PDF、BMP、XML、HTML 等格式的数据等，并需要提供扩展方式实现对特殊数据类型的集成。

（4）数据库表数据。集成的数据也应包括常用数据库表数据，如 Access、SQLServer、Oracle 等数据库中表数据。同样，需要提供扩展方式实现对其他数据库表数据的集成。

2) 数据集成技术

多源异构数据集成主要采用数据中间件技术来实现，该技术可以消除空间数据在语法结构方面的差异，并能够直接访问不同空间数据。数据中间件是能直接存储空间数据文件、关系对象数据库和空间对象数据库的连接器，该连接器能够为上层应用提供访问异构空间数据的手段和方式，屏蔽了原有地理信息系统数据格式、数据存储方式的多样化。

数据中间件集成多种数据源驱动，以注册的方式嵌入到遥感集成平台中，当请求某种数据源时，数据中间件动态加载所请求的数据源驱动。某种数据源的结构改变时，只需改变其数据源驱动，这样既不需要频繁进行数据格式转换，又避免了很多重复性劳动；而且它允许用户在转换过程中重新构造数据，使得用户可以根据其特定的要求，提取相同数据源不同层面的内容，而不是以单一的格式输入数据。

数据中间件是一种独立的系统软件或服务程序，遥感集成平台开发者规定系统内部数据的读写接口，通过里面的驱动程序完成对不同来源的数据的处理，从而实现多格式数据直接访问、格式无关数据集成、位置无关数据集成和多源数据复合分析，完成多源异构数据的无缝集成。另外，对于用户自定义的数据类型和其他格式的文档数据，遥感集成平台提供了一套标准的支持扩展的接口，用户可以在此基础上开发驱动，从而实现对其他数据类型集中操作和管理。

3）数据集成管理

遥感集成平台的数据集成在表现层的集成主要是通过目录系统、资源标识及路径、规则设计、目录驱动机制有机地结合在一起，实现了对多源数据的统一集成管理。通过引用资源标识及路径可以安全有效地访问任意类型的数据资源并支持数据资源的目录配置；规则设计实现用户按需求定制目录树结构，并支持目录树动态按需显示；目录驱动支持按定义的规则驱动目录树、用户自定义数据类型的驱动等；目录系统提供了按上述方式定制目录树在用户层面的表现。由此，遥感集成平台开发的框架体系和强大的目录服务，可以实现数据集成的按需定制。

3. 遥感集成平台集成

根据遥感集成平台的体系架构和其各功能模块设计，需要针对遥感集成平台开发完成的框架、功能、接口等进行有效集成，才能形成可支持海量影像与矢量数据的存储、管理，支持异构的功能资源具备搭建级别复用，形成可支持基于该平台的遥感信息应用系统快速搭建和各遥感信息应用系统的集成等。

遥感集成平台的总体结构主要包括数据中间件、平台各子系统和硬件、软件和网络环境的集成等，具体如图 6-9 所示。其中，遥感集成平台集成的数据中间件的集成主要可实现数据共享和交换，遥感集成平台集成的各子系统集成主要可实现功能或服务调用和互操作，遥感集成平台集成的硬件、软件和网络环境的集成主要是为平台协调运行提供集成测试环境。

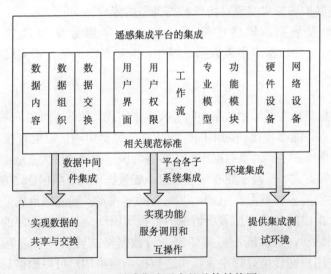

图 6-9 遥感集成平台的总体结构图

4. 遥感应用系统集成

遥感应用系统集成是根据需求提供应用的系统模式，以及实现该系统模式的具体技术解决方案和运作方案，即提供一个全面的系统解决方案，它通常需要深入到具体遥感业务和应用层面。遥感应用系统集成的总体结构如图 6-10 所示，其集成主要是在遥感集成平台的基础上，对二次开发的遥感应用系统各功能/模型等在系统软硬件支持下进行集成。

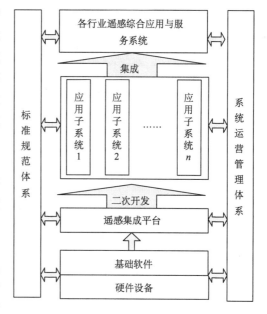

图 6-10　遥感应用系统集成的总体结构图

1）遥感应用系统集成主要内容

基于遥感集成平台提供的配置式、搭建式和插件式二次开发的各应用子系统在集成时主要体现在功能集成、模型集成、表示集成等几个方面的内容。

（1）功能集成。功能集成主要是实现各应用子系统提供的专题功能及功能库管理器具备的基础构件功能共享与集成管理。一方面，遥感集成平台能够按照应用子系统的设计需求把功能库中的功能进行组织管理，成为具体应用子系统的系统菜单、工具条、右键菜单等，把针对具体业务数据操作的功能资源有选择地集成；另一方面，遥感集成平台提供了可以把已有的功能资源项进行按需的重新组合，由单项的小粒度功能项集成为大粒度的功能项，并支持聚合的大粒度功能项可随需而变。

各遥感应用子系统的功能集成主要是通过功能库管理器提供的各种功能来实现，即通过功能库管理器提供的功能入库管理、目录管理、功能管理、功能的查询与获取、功能的重构与聚合等功能将不同应用子系统提供的专题功能及功能库管理器具备的基础构件功能利用工作流技术进行功能的重构、聚合等，从而实现功能灵活集成管理。

（2）模型集成。模型集成主要是对各应用子系统提供的遥感基础模型、遥感专业基础模型、遥感综合应用模型实现共享与集成管理。各应用子系统的模型集成主要通过模型库提供的各种模型来实现，即通过模型库提供的模型目录管理、多模型集成管理、模型入库管理、模型的查询与获取等功能实现各种模型的集成管理。

（3）表示集成。表示集成主要是为各应用子系统提供一个统一的界面。表示集成主要可通过遥感集成平台提供搭建配置器、工作空间管理器提供的搭建配置和表单设计等工具把这些应用子系统设计成统一的表示界面。

2）遥感应用系统集成方式

遥感集成平台的部署有基于 C/S 和 B/S 模式，在不同的部署模式下，遥感应用系统集成方式也有所不同。

（1）基于 C/S 模式系统集成。在 C/S 模式下的遥感应用系统集成方式如图 6-11 所示，在服务器端存放的是针对不同专题的各级遥感数据产品、矢量数据等空间数据库，在每一客户端安装操作系统、数据库客户端和遥感集成平台（运行时）等必要的软件，并安装各部门开发的遥感应用子系统，然后对各应用子系统各功能构件和模型进行归类与整合，对各功能的参数进行合理配置，对各功能、模型和系统的用户权限进行统一设

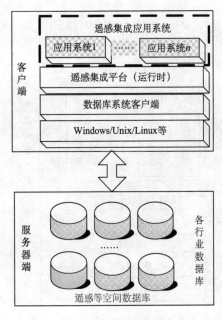

图 6-11 基于 C/S 模式集成方式

置，并对各遥感应用子系统按统一界面风格进行调整，最后形成一个集成的遥感应用系统。

（2）基于 B/S 模式系统集成。基于 B/S 模式下的遥感应用系统集成方式如图 6-12 所示，基于 B/S 模式的集成系统由四层构成，即数据层、业务应用层、Web 服务层和客户端层。在数据层存放的是针对不同专题的各级遥感数据产品、矢量数据等空间数据库；在业务应用层安装操作系统、数据库客户端、遥感集成平台（运行时）和各部门开发的遥感应用子系统，在集成时对各遥感应用子系统各功能构件、模型进行归类和整合，对各功能的参数进行合理配置，对各功能、模型和系统的用户权限进行统一设置，并对各应用子系统按统一界面风格进行调整等，最后形成集成的遥感应用系统；在 Web 服务层安装操作系统和 Tomcat 或 Websphere 等 Web 服务；在客户端各用户只需要通过浏览器即可登陆集成应用系统。

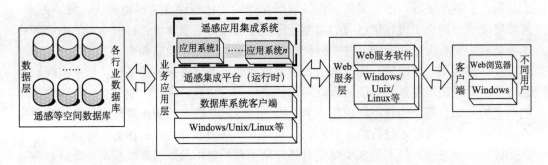

图 6-12 基于 B/S 模式下的遥感应用系统集成方式图

### 5. 系统环境集成

遥感应用系统在完成基于遥感集成平台的二次开发以后，还需要对周围环境，如硬件的设备（应用服务器、数据服务器等）、数据库管理系统（Oracle、SQL Server 等）和应用运行平台——遥感集成平台（运行时）等，进行集成和测试，以确保能满足遥感信息应用系统开发的功能需求、性能需求、可靠性需求、出错需求、接口需求、约束条件、逆向需求以及将来可能出现的需求等。

## 6.5.3　系统集成方法

基于遥感集成平台开发遥感信息应用系统时，采用遥感集成平台提供的实用、成熟的基于服务的设计思想和技术方法进行以搭建式、配置式二次开发为主，配合插件式二次开发，以此满足遥感应用系统的持续发展及维护管理、数据更新等方面的要求。力求通过遥感集成平台开发出的遥感应用系统的功能满足要求，遵循软件工程化方法的开发策略，通过基于遥感应用功能定制开发，提供符合一系列标准的数据服务和管理功能，实现系统与数据高度集成。

### 1. 系统集成步骤

基于遥感集成平台搭建的各遥感应用系统集成实施步骤如下。

1）需求分析

（1）分析遥感各应用系统集成的数据要求、功能要求等。

（2）确定遥感应用系统集成的综合需求，包括性能需求、可靠性需求、出错处理需求、接口需求、约束条件、逆向需求以及将来可能提出的需求等。

2）概要设计

（1）确定系统集成架构。遥感应用系统的集成是基于遥感集成平台，采用柔性设计理念和悬浮倒挂式的 SOA 架构的设计思想进行的，功能模块之间的连接采用"松耦合"的方式，使各子系统能够从数据、功能、模型以及表示等各层面进行快速的集成。

（2）制定系统集成规范。主要集成规范包括元数据库规范、目录规则驱动规范、工作流应用规范、插件和组件规范、功能插件注册标准、URL 定义规范和中间件规范等。

（3）制定系统进度计划。制定系统集成进度计划表，说明系统集成必须于何时完成和实施每一个步骤所需要的时间，以达到控制时间和节约时间的目的。

3）详细设计

依据需求分析和概要设计，系统集成的详细设计主要是从系统集成内容上进行详细设计。

（1）数据的集成：① 集成管理各种类型遥感影像数据、数据库数据等；② 集成管理各种文档数据；③ 集成管理各种其他格式数据和自定义数据类型的扩展。

（2）功能的集成：① 针对具体业务数据操作，有选择地集成管理功能库中的功能资源；② 集成管理小粒度的功能资源按需组合成为大粒度的功能项，并支持大粒度的功能项随需而变。

（3）模型的集成。对各应用子系统的模型进行详细分析，即根据模型的特点、模型的功能等进行分类和集成管理的详细设计。

（4）表示集成。根据需求及各应用子系统特点进行表示集成详细设计，包括登录界面、应用子系统功能界面、界面风格、界面布局等的详细设计。

4）应用子系统的集成

根据详细设计方案和遥感集成平台提供的配置式、搭建式和插件式开发方式对各应用子系统进行集成开发，最后提供一个从数据、功能、模型和表示几个层面集成的遥感综合应用系统。

5）集成测试

集成测试是将所有功能和模型项按照设计要求组装成为集成系统后进行的测试，发现并排除在功能项连接中可能发生的问题，最终构成满足要求的应用集成系统。在集成测试过程中，采用核心系统先行集成测试和高频集成测试相结合的方式进行。

6) 系统测试

将已经确认的软件、计算机硬件、外部设备、网络等其他元素结合在一起，进行遥感应用系统集成的各种组装测试和确认测试，通过与系统集成需求相比较，发现集成系统与需求不符或矛盾的地方，从而提出更加完善的解决方案。

2. 系统集成要求

在遥感应用系统集成过程中，需要对各应用子系统的数据、功能和各用户的权限统一管理，并且需要满足如下条件：

（1）在对基于遥感集成平台构建的各应用系统进行集成时，必须将各业务的需求和功能进行规整，并对各应用子系统的功能构件进行归类，以便各应用系统集成管理。

（2）各应用子系统无论采用 B/S 还是 C/S 模式，统一的用户界面将是不可或缺的要求，系统集成时在系统框架、具体的用户界面等方面都要求界面统一、样式一致。

（3）集成的各遥感应用系统与遥感集成运行平台的关系既相互独立，又相互衔接。衔接部分包括两个方面：一是标准的数据访问接口；二是统一规划的用户角色和功能权限控制。这两个方面的衔接都是通过模块接口来实现的，系统集成将利用这两个方面来实现各用户对不同遥感应用系统的各功能使用和数据访问。

（4）遥感应用集成系统应支持动态扩展功能，即当各应用系统功能发生变化时，集成系统的相应功能应能随各应用系统功能变化而变化。

（5）各遥感应用系统在集成时需要充分考虑各遥感应用系统在运行时的计算时间、数据 I/O 等性能要求，对各遥感应用系统的各项参数进行合理配置，使整个集成系统的效率达到最优。

# 6.6　集成系统部署

在遥感信息工程建设中，往往会涉及跨地域、跨领域、跨部门的遥感信息应用，这就涉及如何将遥感集成应用系统部署到这些跨地域、跨领域的单位中的问题。基于遥感集成平台搭建的各遥感应用系统在集成后，其集成系统在局域网或专用网上主要有集中式、分布式和混合式三种部署模式，根据不同的遥感应用需求可选择不同模式进行部署，实现数据与功能的集中管理。

## 6.6.1　集中式部署模式

在集中式部署模式中，一般涉及多个遥感集成应用系统的应用单位，每个遥感集成应用系统应用单位都安装有遥感集成平台及基于平台的各遥感应用系统，其主要硬件系统有数据服务器（集中管理遥感、GIS 矢量数据、文档数据等）、功能/模型服务器（集中管理遥感基础模型、遥感专业基础模型、遥感综合应用模型等）、数据资源目录服务器、功能/模型资源目录服务器、Web 服务器以及数据交换服务器等。其中，在这些遥感集成应用系统应用单位中有一应用单位为主中心，其他应用单位为分中心，主中心与分中心之间只有数据交换需求，并且一般是分中心的数据更新到主中心，遥感集成应用系统的集中式部署如图 6-13 所示。

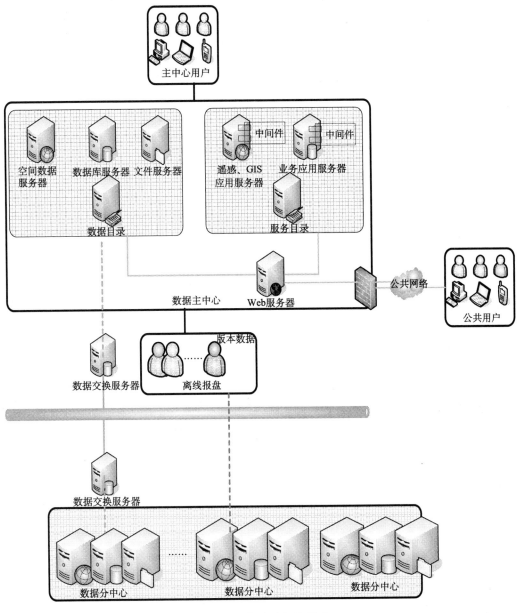

图 6-13　集中式部署模式

遥感集成应用系统的集中式部署主要特点是：

（1）主中心与分中心的数据交换可以有两种方式：一是通过离线报盘的方式从各分中心的遥感集成应用系统中提取需要更新的数据到主中心的遥感集成应用系统；二是采用在线的方式通过主、分中心遥感集成应用系统的数据目录服务器和数据交换服务器实现数据的更新。

（2）主中心与分中心的遥感集成应用系统的功能/模型资源互不影响，即主中心需要的功能/模型一般在主中心的遥感集成应用系统中进行提供，各分中心需要的功能/模型一般在各分中心的遥感应用集成系统中进行提供。另外，主、分中心均可根据自己应用单位的需求，提供直观的问题建模与功能扩展机制，也可通过把数据或功能/模型部署在多个服务器上，实现负载均衡。

## 6.6.2　分布式部署模式

在分布式部署模式中，一般涉及多个遥感集成应用系统的应用单位，每个遥感集成应用系统的应用单位都安装有遥感集成平台及基于平台的各遥感应用系统，其主要硬件系统有数据服务器（集中管理遥感、GIS 矢量数据、文档数据等）、功能/模型服务器（集中管理遥感基础模型、遥感专业基础模型、遥感综合应用模型等）、数据资源目录服务器、功能/模型资源目录服务器、Web 服务器以及数据交换服务器等。其中，在这些遥感集成应用系统应用单位中有一应用单位为主中心，其他应用单位为分中心。与集中式部署模式不同的是：主中心与分中心之间没有大量的数据交换或同步更新需求，并且主中心的遥感集成应用系统在物理上不需要部署大量的功能/模型资源，主中心只是在逻辑上管理分中心各遥感集成应用系统功能/模型与数据资源，遥感集成应用系统的分布式部署如图 6-14 所示。

遥感集成应用系统的分布式部署主要特点是：

（1）主中心的遥感集成应用系统本身不存储数据，也不包含各分中心遥感集成应用系统提供的功能/模型，而是简单地进行数据、功能/模型的目录交换。主中心需要某项功能/模型服务时，主要是采用委托的机制，委托请求分中心进行相关处理分析，分中心将处理结果返回主中心以响应请求结果，主中心的遥感集成应用系统提供简单的展示功能。这样，主中心需要访问分中心遥感集成应用系统提供的服务，并需要有完备的远程调用过程。

（2）分中心的不同遥感集成应用系统相互耦合松散，功能单一，数据专一，易于维护及扩展。在分中心构建的功能/模型能注册到功能/模型仓库中，实现功能/模型的发布与发现，另外，通过建立数据资源的元数据描述，自动注册到数据仓库中，通过资源目录级联，实现数据的发布与发现。

## 6.6.3　混合式部署模式

遥感集成系统的混合式部署是集中式、分布式两种部署模式相结合的、集两种部署优点的一种部署方式。同样，在混合式部署模式中，一般涉及多个遥感集成应用系统的应用单位，每个遥感集成应用系统的应用单位都安装有遥感集成平台及基于平台的各遥感集成应用系统，其主要硬件系统有数据服务器（集中管理遥感、GIS 矢量数据、文档数据等）、功能/模型服务器（集中管理遥感基础模型、遥感专业基础模型、遥感综合应用模型等）、数据资源目录服务器、功能/模型资源目录服务器、Web 服务器以及数据交换服务器等。其中，在这些遥感集成应用系统的应用单位中有一应用单位为主中心，其他应用单位为分中心。主中心与分中心之间既能实现数据与功能/模型资源的全局管理，又能实现数据与功能/模型资源的局部自治，遥感集成应用系统的混合式部署如图 6-15 所示。

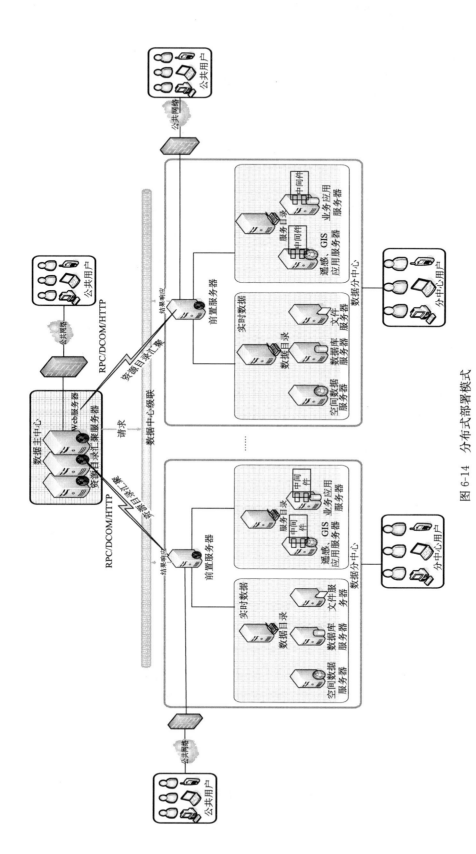

图 6-14 分布式部署模式

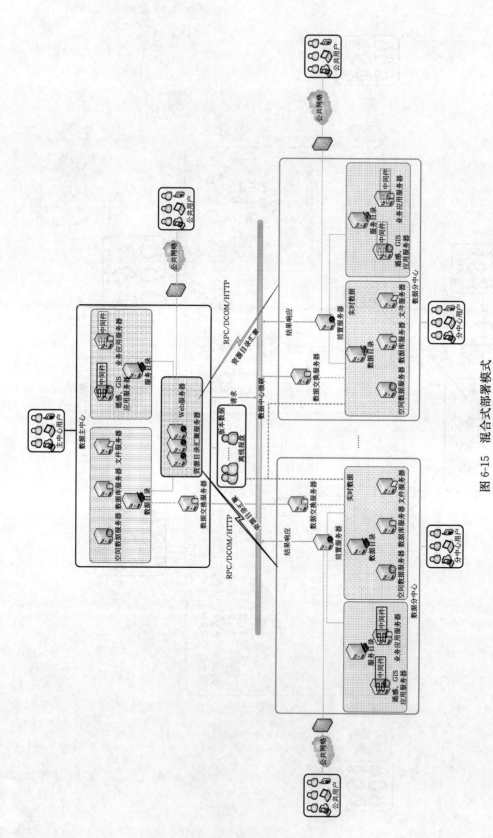

图 6-15 混合式部署模式

遥感集成应用系统的混合式部署主要特点是：

（1）主中心与分中心既可以进行数据交换，也可以是简单的数据目录交换，即根据需要主中心可以存储一部分数据，也可不存储数据。其中，数据交换可以有两种方式：一是通过离线报盘的方式从各分中心的遥感集成应用系统中提取需要更新的数据到主中心的遥感集成应用系统；二是采用在线的方式通过主、分中心遥感集成应用系统的数据目录服务器和数据交换服务器实现数据的更新。

（2）主中心与分中心的遥感集成应用系统，一方面分别可有自己的功能/模型资源，另一方面主中心也可在需要某项专业的功能/模型服务时，采用委托的机制，委托请求分中心进行相关处理分析，分中心将处理结果返回主中心以响应请求结果，主中心的遥感集成应用系统提供展示功能。

（3）主中心与分中心均可根据自己应用单位需求，提供直观的问题建模与功能扩展机制，也可通过把数据或功能/模型部署在多个服务器上，实现负载均衡。另外，在主、分中心构建的功能/模型能注册到各自功能/模型仓库中，实现功能/模型的发布与发现；通过建立主、分中心数据资源的元数据描述，自动注册到数据仓库中，通过资源目录级联，实现数据的发布与发现。

# 第7章  遥感信息工程管理

## 7.1  概　　述

遥感信息工程主要是综合利用计算机、网络等信息技术和遥感信息系统、地理信息系统等空间信息技术，采用工程的理论、方法，组织各类工程技术人员开展以遥感信息应用为目的相关调研、设计、开发、生产、运营等较长时间周期内协作活动的过程。

和其他工程类似，遥感信息工程管理的基本要素主要有工程资源、工程需求与目标、工程组织以及工程环境四个方面，其中遥感信息工程资源是遥感信息工程实施与成功的根本保证，包括遥感影像数据、工作场地、遥感信息系统、人员等，需求和目标是遥感信息工程实施与成功的基本要求，指明了遥感信息工程应用的方向，而工程组织是工程实施与成功的主体，包括过程组织、数据组织、团队组织等，环境则是工程实施与成功的基础，包括卫星遥感专题数据加工生产基地等各种软硬件环境以及遥感方面相关标准等。

遥感信息工程管理的基本职能包括工程计划、工程组织和工程控制与评价。

由于遥感信息工程的一次性、特殊性与不确定性，工程管理必须通过不完全确定的过程，在确定的期限和预算限制内完成不完全确定的产品。一般来说，工程管理具有如下特点（刘国靖和邓韬，2003）。

1）面向成果

关注遥感信息工程的最终应用成果，如遥感信息处理软件等。工程实施通常运用目标式的管理模式。

2）基于团队

特别强调团队各成员之间的协作与沟通，包括遥感数据生产商、遥感数据加工商、遥感信息平台提供者等。

3）借助外部资源

需要借助已有的一些 GIS、GPS 相关成果等，以保证工程高效率、低成本完成。

4）基于标准与规范

为保证遥感信息工程各部门之间的信息共享、互联互通，遥感信息工程实施时必须严格遵循相关标准与规范，以实现既能对多源异构遥感、GIS 矢量等数据进行集成共享，又能对不同部门、不同行业、不同领域已建立和将要建设的各类遥感应用系统、GIS 应用系统等有效集成。

## 7.2  过 程 管 理

遥感信息工程在开展各类遥感信息应用过程中，需要考虑前期遥感数据的获取和加工、中期的遥感影像处理系统和集成应用系统研发，以及后期的遥感信息应用运营等方面的工作，周期很长，因此遥感信息工程的具体实施需要有一个完备的过程管理。

## 7.2.1 工 程 计 划

工程计划是工程预算、进度、控制和评估的直接来源（张晓东，2004）。周密的计划是工程成功的主要因素。遥感信息工程需要研究遥感应用的需求分析、遥感信息应用方案设计、遥感信息应用集成系统研发、遥感数据加工、遥感信息应用运营等各阶段的工程方法，所有这些阶段贯穿遥感信息工程全过程。

遥感信息工程在具体实施某一遥感应用项目时，应围绕具体的应用目标进行系统的任务安排。工程计划确定工程目标，并为实现目标，对工程实施工作所需进行的各项活动作出周密安排。它围绕着工程目标，系统地确定工程的工作任务、安排工程进度、编制资源预算等，从而保证工程能够在合理的工期内，以尽可能少的成本和尽可能高的质量完成。

工程计划是工程实施的蓝本，规定了如何做、由谁去做等问题，但是由于遥感信息工程是创造性的过程，工程早期的不确定性很大，所以工程计划不可能一次全部完成，而必须逐步展开并不断修正。一份周密的工程计划有助于指导工程实施，促进工程有关各方之间的沟通，明确职责，加强控制，降低风险，并对工程内容、范围和时间安排的关键性问题进行审查，为进度测量和工程控制提供基准计划，可以作为分析、协商及记录项目变更的基础。

## 7.2.2 成 本 估 算

遥感信息工程管理者负责控制工程的预算，为此就必须进行成本估算。工程成本主要由遥感数据成本、硬件成本、差旅与培训成本以及软件开发成本构成。项目成本管理是指在满足质量、工期等合同要求的前提下，对项目实施过程中所发生的费用，通过计划、组织、控制和协调等活动实现预定的成本目标，并尽可能降低成本费用的一种科学的管理活动。现代项目成本管理的业务范围已经不再仅限于计划和进度报表的生成，管理人员在质量、成本、工期满足必须要求的前提下，时刻面对着一系列无法预料的难题，项目管理的主要控制要素是质量、进度和成本。项目管理的目标是在保证质量的情况下，寻找进度和成本的最优解决方案（库恩，2008）。

遥感数据成本主要发生在数据采集阶段，根据卫星和分辨率等指标不同，数据的采集价格也相差很大。一般应根据用户的应用目的和需求确定数据的来源与属性，如获取卫星与影像的空间分辨率、时间分辨率、光谱分辨率、数据的等级等，初步估算遥感影像数据成本。

硬件成本主要用于工程实施过程中的一些主要仪器和设备的购置，如服务器、投影仪、绘图仪、高精度野外光谱仪、扫描仪、打印机等。主要设备和仪器的购置选型以满足工程需要为依据，按经济规律办事，讲求投资的经济效益，降低成本，选择性能价格比高的，国内设备能满足研发要求的，应尽量选用。

软件成本主要包括数据库管理软件、卫星遥感综合应用系统、卫星遥感专题数据处理软件等。

在完成初步成本预算后，为保证项目建设质量，提高财政资金的使用效率，应根据《中华人民共和国招标投标法》，采取规范的招标方式，对项目建设中的施工、监理、硬件、软件以及系统集成等适合以招标形式采购的产品和服务，原则上全部进行招标，从源头上预防和治理腐败，保证项目建设健康有序进行（纪建悦和许罕多，2008）。

## 7.2.3  进 度 管 理

遥感信息工程能否在预定的时间内交付使用，直接关系到项目的经济效益。进度计划是对施工的各个环节进行分解，按施工的逻辑进行合理安排，以反映施工顺序和各阶段工程面貌及完成情况，是工程项目管理的最基本内容，也是成本的最基本载体。系统的进度计划是项目计划的重要组成部分，资源计划、物资计划及费用计划的编制都是以进度计划为基础的，因此项目进度计划是项目计划编制中的一项重要工作，也是项目计划的主要内容，可同时派生出不同组织与管理职能、不同资源（人工、材料、机械、设备）、不同费用类别的系统的、全方位的项目实施计划。

遥感信息工程项目进度安排就犹如航海中的导航图，没有它，遥感信息工程项目开发就会陷入混乱，甚至会出现分工不明确，相互扯皮之事，何时到达彼岸（系统实现）毫无把握。因此，遥感信息工程系统分析人员进行了项目估算后，就要进行遥感信息工程项目的进度安排。

### 1. 遥感信息工程项目进度安排考虑因素

安排遥感信息工程项目进度至少需要考虑以下六个因素。

1）确定工程各阶段成果的验收与交付日期

各阶段成果的验收与交付日期包括影像数据何时提交、遥感信息平台何时交付、标准何时制定完成等。进度安排的准确程度要比成本估算的准确程度更为重要。因为一旦进度安排落空，会带来很多负面影响，如市场机会的丧失（有可能系统开发出来已经过时了）、用户的不满意和成本的增加等。

2）进度计划策略

进度计划策略有两种：一种是计划得紧一点，这就需投入较多的资源（主要是遥感信息工程设计与开发小组的人数）；另一种是计划得松一点，这样相对投入的资源就少些。从实际的经验而言，遥感信息工程设计与开发小组的人数与软件生产率是成反比的，人数越多，遥感信息工程软件的生产效率越低。因为当许多人共同承担遥感信息工程开发项目中的某一任务时，人与人之间必须通过交流来解决各自承担任务之间的通信问题。通信需要花费时间和代价，同时引起软件错误的概率会大大提高。因此，遥感信息工程软件设计与开发小组的规模不能太大，人数不能过多，一般以2～8人为宜。

3）如何定义和识别遥感信息工程各项任务

定义遥感信息工程任务要做到无二性，即分工明确，谁在什么时间内完成什么功能不能有丝毫含糊。定义好遥感信息工程任务后，就应做出分工表，使每个人都知道自己在什么时间里必须干什么，使自己的工作真正到位。

4）如何识别和监控关键路径

遥感信息工程项目管理人员需要掌握每一任务的结束时间、识别和监控关键路径以及确定任务的并行性，以确保项目顺利进行。关键路径是项目进度安排中的重点，应把它列为里程碑。关键路径通不过，对后面的安排影响是很大的。

5）如何度量进度和质量

度量进度和质量，即对质量把关程度如何。质量把关严了，则进度会慢些。

6）非技术因素的影响

非技术因素的影响，如风险因素等。

**2. 遥感信息工程项目进度安排表制定办法**

在考虑影响项目进度安排各因素后，就应着手制定遥感信息工程项目进度安排表，可考虑用甘特图法、里程碑表示法、直方图法、关键路径法等进行制定。

# 7.2.4  问 题 跟 踪

在实施遥感信息工程的过程中，每天都要产生许多问题，只是产生问题的多少、大小不同而已。而遥感信息工程能否顺利实施甚至不断发展，其根本的区别在于它能否及时发现问题、解决问题甚至举一反三，进而避免问题。因此，需要建立对问题的有效跟踪管理机制。

如果没有建立有效的问题跟踪管理机制，那么可能出现以下问题：

（1）出现的问题无法被解决。问题没有被记录与跟踪，导致很多发现的问题被忽略或者没有真正有效地解决，甚至引发许多后续问题。

（2）沟通不畅，效率低下。发现的问题无法及时让相关人员获知和处理，问题提出者和解决者之间缺乏有效的沟通机制。

（3）问题处理不规范。问题的处理没有一定的流程，问题处理效率低下。

（4）知识无法积累。不能有效保存问题处理过程中的价值信息，重用率低。

因此，解决问题的办法是构建一套完整的问题记录和跟踪处理的流程，同时建立一套问题管理和协同处理的平台。我们可以通过使用问题跟踪软件来实现上述问题：

（1）集中管理所有的问题。集中管理所有的问题主要体现在集中管理不同类型的问题，同时不同的团队同时使用跟踪软件管理问题，并且互不影响。

（2）流程化、规范化处理问题。首先，根据问题类型和团队的角色分工，设置或简单而高效，或复杂而严密的问题处理流程；其次，问题按照流程设置自动地在不同的人员角色之间流转，直至问题结束；最后，可以将现实中的事务处理流程（如请假审批、各种审核流程等）映射在问题跟踪软件中，使用它来实现流程的电子化和自动化。

（3）简化协作，提高沟通效率。所有的团队成员通过一个集中的工具进行交互和协作；所有的信息集中在一起；问题更新时自动通知相关的人员。

（4）积累知识。积累问题信息和处理过程中的知识；使用知识库功能进行知识的积累和共享。

（5）统计和分析。统计问题的各种分布情况，并且了解问题的变化趋势。

# 7.3 质量管理

质量管理的实质是确保遥感信息工程的执行过程中的每一步都是按照计划来实施的，这样才能取得最终令用户满意的结果。

首先，在遥感信息工程的第一阶段即遥感数据获取阶段，必须按照用户要求选择合适的数据来源，确保数据精度符合要求；其次，在专题遥感数据加工阶段，应结合成本与需求，选择适合的数据处理方法，并选用更高精度的数据进行检查，确保加工后数据的精度符合需求；最后，在执行过程中，应严格按照相应标准规范来统一管理，减少误差。

在具体的质量管理过程中，首先要建立一个质量方针，以期使建立起来的管理体系有形化并形成文件或达成共识，使质量管理体系能按照规定加以实施、保持和持续改进。在建立质量管理体系时，采取由最高管理者负责、管理者代表主导、相关人员参与的方式，基于 ISO9001：2000 标准对质量管理体系进行策划，并就如下方面进行充分考虑，建立如表 7-1 所示质量管理体系：

（1）完全找出质量管理体系所需要的过程、活动；

（2）明确这些过程的顺序及接口；

（3）明确这些过程的运作与控制方法及要求；

（4）将相关的过程形成网络并确定系统的控制方法，以便确保获得相关过程、活动运作的信息，保持使这些过程能有效地运作并对这些过程进行监控；

（5）以文件形式设定必要的过程测量、监控和分析的方法与措施，以达到预期目标和进行持续改进。

表 7-1　质量管理体系准则

| 文件框架 | 简　述 | 完　整　定　义 |
|---|---|---|
| 质量手册 | 做什么 | 向本公司内部或外部提供有关本公司质量管理体系的一致信息的文件，该文件包括本公司的质量方针、目标，以及为达到该方针、目标所包含的过程顺序及相互作用的表述 |
| 程序文件 | 作业途径 | 设定为进行某项活动所规定途径的文件，包括：<br>① ISO9001：2000 标准所规定的程序文件；<br>② 本公司认为必须要设定的程序文件；<br>③ 过程作业所必需的指导性程序（子程序） |
| 管理制度、规范、章程 | 与工程项目、产品相关的规定 | 规定体系如何运用于某一具体情况、项目、产品、活动的文件，包括方案制定、开发过程、地图制作过程、验收标准、方法、规则等 |
| 记录 | 格式 | 对所完成的活动或达到的结果提供客观证据的文件，其格式在相关程序文件或质量计划中规定 |

质量管理体系完成后，管理者代表应负责质量管理体系运行的监督、协调和保持，确保在对体系进行变更时考虑变更对所有过程、文件、规定等带来的影响，使体系保持完整。

而各部门在运作过程中应确保：

（1）文件的规定应全部得到执行；

（2）实际软件开发和作业活动与文件规定相吻合；

（3）执行的结果应形成相应的文档和质量记录；

（4）执行的效果应支持质量方针、目标的实现并保持项目、产品质量稳定地满足顾客要求，持续地进行质量改进。

# 7.4　风　险　管　理

风险管理的目的在于识别工程生命周期中可能发生的风险、衡量这些风险的影响以及制订风险发生时的应对计划（Rakos，2006）。

风险管理是一个前瞻性的和反复进行的过程，对于控制成本、满足期限要求以及产生高质量的产品都至关重要。有效的风险管理包括以下四个步骤。

1. 风险识别

通过调查，列出所有可能的风险。

2. 风险分析

判断风险发生的可能性以及风险造成的影响：会拖延日程吗？会增加成本吗？会影响质量吗？利用这些数据，给每个风险设置一个风险发生的概率以及发生后的影响程度，排列风险的优先顺序，并且决定下一步的风险内容。

3. 风险应对计划

确定行动内容，减少风险发生的可能性或者降低它的影响，建立计划缓解风险的影响。

4. 风险追踪和控制

建立一个过程用以追踪以前识别出来的风险，并且评估每一个风险的可能性和影响。同时，持续地监控和识别新出现的风险。

# 7.5　人　员　管　理

人员管理是指在对遥感信息工程目标、规划、任务、进展情况以及各种内、外因变量进行各种合理、有序的分析、规划和统筹的基础上，采用科学的方法，对工程实施过程中的所有人员，包括项目经理、项目班子其他人员、项目发起方、项目投资方、项目业主以及项目客户等予以有效的协调、控制和管理，使他们能够同项目管理班子紧密配合，在思想、心理、行为等方面尽可能地符合工程实施的发展需求，激励并保持工程人员对工程的忠诚与献身精神，最大限度地挖掘工程队伍的人才潜能，充分发挥人员的主观能动性，最终实现遥感信息工程的战略目标（Turner，2005）。

人员管理的主要内容包括工程组织规划、建立工程组织和工程组织建设、组织协调四个方面。

### 1. 工程组织规划

根据遥感信息工程的目标，确定工程管理所需的工作，进行工作分析，确定岗位，明确岗位责任，确定各岗位角色之间的从属关系，进行人力资源预测。

### 2. 建立工程组织

根据实际需要，为实际和潜在的空缺职位找到合适的候选人，按组织规划形成的文件将各个角色的责任和权力分派给各成员，明确协作、汇报与隶属关系。

### 3. 工程组织建设

工程组织建成以后，最迫切的任务就是形成管理能力，需要培养、改进和提高个人及团队整体工作能力，使工程组织成为一个有机协作的整体。工程组织建设包括职责、流程、计量、考核、文化等多个方面。

### 4. 组织协调

由于遥感信息工程产业涉及众多部门，如数据获取初期的数据生产加工商、遥感影像提取的遥感软件生产商、遥感应用服务的各级政府部门与公司等，即使是在遥感软件生产商这一环节，在定制具体某一应用模块时，也涉及公司内部标准制定人员、软件设计师、程序员等多方沟通，因此，在遥感信息工程的实施过程中，为保证工程如期进行，组织内部的沟通协调能力显得尤为重要。

## 7.6 信息管理

### 7.6.1 数据管理

遥感信息工程的整个实施过程都是以数据为中心的，如数据获取阶段的原始遥感影像数据、经过加工处理过后的专题产品数据与标准产品数据等。即使是某一阶段，其间涉及的数据种类也很多，如多光谱数据、高光谱数据、雷达数据等，数据的光谱特性也不尽相同。

因此，需要对这些种类繁多、结构繁杂的海量数据进行有效管理，以利于快速提取所感兴趣的地物影像。

数据管理主要涉及以下几个方面的内容。

1. 数据的采集与入库管理

实现遥感影像数据导入导出、影像数据结构信息的自动提取和人工编辑。

2. 数据更新

当同一区域存在多幅遥感影像数据时，及时更新遥感影像数据库，并对历史数据进行备份与有效管理。

3. 数据检索

根据用户需求，检索原始遥感影像。遥感数据包括很多种类，一般情况下，由于传感器特性的不同，空间分辨率不同，根据传感器数据来分类。同时，根据处理目标地物范围，以及操作目的的不同，往往需要多个卫星的数据协同使用，这时需要以地物范围来进行检索。

4. 影像数据分块管理

由于遥感影像数据量大，为了实现快速检索与显示，需对影像数据进行分块管理。

5. 影像数据分布式管理

遥感信息工程中所涉及的遥感影像数据可能分布在不同的部门不同的计算机上，需要利用网络与数据管理系统对影像数据进行分布式管理，实现数据的有效共享。

# 7.6.2 文档管理

文档是遥感信息工程实施过程中的重要活动记录，是企业重要的智力资产。在企业中，文档一般都以电子文档的形式存在，如 DOC 格式、XLS 格式、PPT 格式、PDF 格式、纯文本 TXT 格式等；从内容上，可能是商务合同、会议记录、产品手册、客户资料、设计问卷、推广文案、遥感标准、项目文档等。这些文档可能是过程性质的，也可能是公司正式发布的文档；可能处在编写阶段，也可能是已经归档不能再修改的。文档的状态包括草稿、正式、锁定、作废、归档、删除等。

文档管理就是指这些文档、电子表格、图形和影像扫描文档的存储、分类和检索。文档管理的关键问题就是解决文档的存储、文档的安全管理、文档的查找、文档的在线查看、文档的协作编写及发布控制等问题。

在文档管理过程中，经常会碰到以下的问题：海量文档存储、管理困难；查找缓慢，效率低下；文档版本管理混乱；文档安全缺乏保障；文档无法有效协作共享；知识管理举步维艰等。很多时候，经常采用文档管理系统来对文档进行组织。

文档管理规划过程包含以下几个主要步骤：确定文档管理参与者和项目负责人，分析文档用途、文档的组织结构，规划如何在各位置之间移动内容，规划内容类型，规划内容控制，规划工作流，规划信息管理策略。

此外，文档必须需要版本，而且文档的修改要有严格的章程控制。文档一旦形成，不能随意修改，当然形成正式版本的文档之前一定要认真讨论确定文档，一旦文档确定后，不能随意修改，尤其是前期文档，如需求分析，需求分析一变后面的设计文档都要变，这样变来变去会影响到系统的整体进度与软件的质量。每次修改都要记录为什么要做这个修改，一定要注明修改了哪些部分、会影响到哪些文档，此外，还要注明包括文档修改的发起人和批准人。

### 7.6.3 信息安全

在遥感信息工程实施的各阶段中，有很多信息都是需要严格保密的，如重要的遥感影像资料等。因此，在保证信息正确传递和交换的管理中，还有一个重要的内容就是各种信息的安全管理。这点可以通过安全权限管理实现。

安全权限的管理是一个需要全面考虑的管理内容，主要有如下几点：

（1）某团队或者人员对某数据能否操作的安全权限管理；

（2）某团队或者人员对某数据能够进行何种方法的操作的安全权限管理；

（3）数据伴随着工程实施发生的状态变化所导致的安全权限的管理；

（4）考虑到人员组织中不同人员和工作组之间对应关系所带来的人员流动的安全权限的管理。

从上述内容可以看出，安全权限管理是与人员团队组织、工程实施流程以及数据的管理等内容紧密相关的，彼此之间是相互嵌套组织的。

# 第8章 遥感信息工程规范和标准

遥感信息工程往往涉及跨部门、跨领域、跨行业的建设和实施，并且各部门的信息化程度不平衡，即其硬件设备、软件系统和积累的大量空间数据各异。为了规范市场，保证遥感信息工程各部门之间的信息共享、互联互通，遥感信息工程标准的制定必须先行，以实现既能对多源异构遥感、GIS 矢量等数据进行集成共享，又能对不同部门、不同行业、不同领域已建立和将要建设的各类遥感应用系统、GIS 应用系统等有效集成。因此，在完成遥感信息工程项目的系统分析之后，应根据建设目标和标准建设方式，采用等效采用、非等效采用、重新制定三种方式来建立遥感信息工程项目的标准规范。

遥感信息工程标准化的作用是多方面的。对于遥感信息工程产业上游的数据生产者来说，标准化降低了数据的使用门槛，提高了数据的使用率。基于标准化的遥感数据可以在最大的范围内被使用；对于遥感信息工程产业中游的研究者来说，标准化是数据共享的重要前提（钟耳顺，1995），而数据共享使得研究者可以更充分地使用现有数据资源，减少资料收集、数据采集等重复劳动和相应费用，而把精力重点放在开发新的应用系统及系统集成上；对于遥感信息工程产业下游的应用系统来说，标准化提供了统一的接口，降低了开发人员的工作量，保证了各个应用系统之间的集成和交互，使得系统可以发挥最大的效能。

总而言之，遥感信息标准化的意义主要包括如下两个方面（王永韬，2005）。

### 1. 促进信息共享

随着网络的快速发展，基于网络的海量数据存储与数据共享成为可能，由此数据检索也随之出现。数据存储与共享的前提是数据能够方便地被外界使用，因此建立数据标准成为关键。数据标准化为数据检索提供了标准的接口，无论数据的来源是什么，都可以有效地进行数据的挖掘。这样可以有效避免对数据获取的重复投资，同时也为研究工作的广泛展开提供了可能。

### 2. 促进遥感产业的发展

标准化统一了遥感学科内部和外部的规范，降低了遥感应用的难度，提高了生产效率，从而促进了遥感产业化的发展。

## 8.1 标准体系形成方法

### 8.1.1 标准形成的依据

#### 1. 遵循的文件和标准

制定标准应参考国际及国内现有标准，保持一致性，具体遵循以下标准和文件：

（1）《中华人民共和国标准化法》，1989 年 4 月。

（2）《中共中央办公厅、国务院办公厅关于加强信息资源开发利用工作的若干意见》（中办发〔2004〕34 号）。

（3）《国务院办公厅转发国家计委等部门关于促进我国国家空间信息基础设施建设和应用若干意见的通知》（国办发〔2001〕53 号）。

（4）《国家地理信息标准化"十一五"规划》，国家测绘局、国家标准化管理委员会文件（国测国字〔2006〕44 号文件）。

（5）《地理信息标准体系框架》，全国地理信息标准化技术委员会文件（SAC/TC230〔2007〕7 号）。

（6）《标准体系表编制原则和要求》（GB/T 13016—2009）。

（7）《关于印发〈国家地理信息标准体系〉的通知》，全国地理信息标准化技术委员会文件（SAC/TC230〔2009〕11 号）。

### 2. 参考的标准规范

遥感信息工程在建设中主要采用等效采用、非等效采用和重新制定三种方式来编制，在编制中主要参考下列标准规范：

（1）ISO/TC211 19121、19100 系列，如 ISO19100 标准系列中，影像和栅格数据的国际技术标准概念。

（2）遥感信息国家标准，如国家测绘局制定的《摄影测量与遥感术语》（GB/T 14950—94）、《航天遥感数据编目检索方法》（GJB 4028—2000）、《信息交换用图像数据格式标准》（GJB 3435—98）、《波谱测量规程》（GJB 4029—2000）、《资源卫星在轨图像质量评定方法》（GJB 5088—2002）、《遥感影像平面图制作规范》（GB 15968—95）、《地球空间数据交换格式》（GB/T 17798—2007）等。

（3）信息技术国家标准。

（4）测绘行业标准。

（5）其他行业标准。

## 8.1.2 标准形成的思路

每一个标准规范的制定划分为研制、验证、试行、验收和质量保证五个阶段组织实施。

### 1. 研制阶段

研制阶段是整个标准最核心的部分，经过该阶段主要形成三稿：征求意见稿、送审稿和试行草案稿。其工作步骤主要包括：

（1）成立项目"编制指导组"（领域专家）、"标准工作组"（主要包括具体编写标准的人员和固定联系人）、"评审专家组"（领域专家）。其中，"标准工作组"的主要任务是听取、汇总"编制指导组"的专家和"评审专家"的建议，进行标准工作的编制；"编制指导组"的主要任务是指导"标准工作组"开展工作，定期对"标准工作组"成员进行培训、指导，提供咨询，并在关键阶段进行把关，尽量深入标准制定的全过程；"评审专家"的主要任务是对阶段性成果做出评价，并给出具体的修改建议。

（2）落实每一个标准的实施队伍（"编制指导组"和"标准工作组"成员），组织"标准工作组"和"编制指导组"专家见面，进行培训、讨论，并根据"编制指导组"专家提供的资料和建议开展工作，包括：消化吸收相关专家前期的预研成果，调研、收集、分析本项目的实际需求，编制各标准的实施计划，编写标准的征求意见稿。

这个阶段需做两项工作：一项是编写征求意见稿，以供发送有关单位和专家征求意见；另一项是撰写标准的编制说明。征求意见稿的内容需根据确定的方案和设计的标准结构，以及选取的技术参数，按照 GB/T 1.1—2000（标准化工作导则　第 1 部分　标准的结构和编写规则）要求的格式进行编写，成果是标准草案的征求意见稿。编写说明将包括：标准编制任务的来源及背景简介；编制工作简要说明；确定主要内容的论据；重要试验的分析、综合报告、技术经济论证；与国外同类水平的对比；与现行法令、法规和标准的关系；贯彻执行标准的要求和措施；废除现行有关标准的建议。

（3）将征求意见稿分别送给经项目办公室确认的相关专家、参建部门等征求意见，每一轮征求意见后，都必须将全部意见汇总、分类、研究处理，修改征求意见稿，并形成征求意见处理汇总表。几轮征求意见完成后，形成标准规范的送审稿。

（4）根据标准的内容，选定合适的专家组，并将送审稿和征求意见处理汇总表送专家组审查，形成审查会会议纪要、各项标准审查意见、对送审稿的评价和处理意见等，标准编制单位应汇总、分析、处理全部审查意见，形成审查意见处理汇总表，并修改送审稿，形成试行稿草案。

（5）将试行稿草案、专家审查会论证意见、审查意见处理汇总表以及标准规范编制过程说明等，以书面形式报送项目办公室。

2. 验证阶段

项目办公室审核标准编制单位的报批材料，通过对专家论证意见和标准编制过程的审查，决定标准的发布形式和发布内容。标准编制单位按照项目办公室的要求实施标准发布工作，将试行稿草案和相关说明文件发送到全部承建单位，并提供相关培训、咨询、修改完善等服务。

为了进一步证实标准规范的可行性，需要选择若干个试点项目进行检验，对标准的可行性及其指导价值等进行实际验证，并对标准的不断完善和修订提供依据。

由项目办公室定期组织标准制定单位与试点项目承建单位参加的座谈会，讨论标准执行过程中遇到的问题，要求标准制定单位根据实际情况不断修改完善标准文本。

3. 试行阶段

经过一段时间的试用，总结标准使用过程中的问题和经验，修改完善标准试用稿草案的内容，进一步明确各项标准的使用范围和使用方式，优化标准编制单位的版本控制和咨询服务流程。标准制定单位根据试用过程中的修改完善意见修订原试行稿草案，形成试行稿，并针对各项修改内容征得相应提出单位同意后，将试行稿、试用单位意见处理汇总表以及试用阶段修改完善及服务过程说明等，以书面形式报项目办公室。

项目办公室审核编制或修订完成的标准是否具备发布条件，决定发布的形式和内容；标准编制单位按照项目办公室的要求实施标准发布工作，将标准文本或修订的内容及相关说明发送到全部参建单位。为做好标准的发布工作，标准编制单位应建立切实可行的版本控制制度和主动发送制度，当有新版本的标准推出时，主动以电子邮件方式对全部参建单位进行广播式通知。

标准试行稿发布后，进入标准试行阶段。

### 4. 验收阶段

各项标准经过在本项目建设中全面推广执行，并证实在技术上确实可行。在本项目整体进入试运行后，标准编制单位可以向项目办公室申请进行项目验收。

验收条件：全面应用各项标准完成数据整合改造、交换系统等主体建设任务，并进入试运行；完成全部培训、咨询、修订完善任务；用户对标准编制单位的交付物和服务满意。

验收内容：分为交付物和服务。交付物验收，即对各项标准的质量、可操作性和指导作用等进行评价、验收；服务验收，即对标准编制单位的服务水平等进行评价、验收。以"用户满意度"指标来衡量。

验收程序：标准编制单位将验收所需的全部文档及验收申请以公文形式报项目办公室，经审核通过后，项目办公室将组织验收。

验收应提交的主要文档：最终版的标准文本、编制说明、实施指南、培训教材；用户单位使用报告；用户单位对标准单位的服务评价报告。

### 5. 质量保证阶段

标准项目通过验收后，进入质量保证阶段，标准编制单位应进行标准的日常管理工作，全面记录各参建部门和承建单位提出的标准修改完善问题，评估后形成标准修改建议，报项目办公室。并根据项目办公室的要求，组织标准的修订、专家审查等相关工作，标准修订完善工作完成后，按照报批程序要求，将修订稿或主要修订内容、修订背景及其他相关材料等，以公文形式报项目办公室。项目办公室或部门项目办公室审核通过后，将以文件形式发布相关标准修订公告。

## 8.2 遥感信息工程标准体系

标准化工作是一个结构化的系统工程。遥感技术的标准化是为了促进遥感技术科学发展和产业化，方便人们更好地使用和共享遥感数据，从而使遥感数据最大限度地发挥其应有的经济和社会效益。因此所制定的遥感技术标准不仅要有较强的可操作性和市场适应性，满足我国遥感技术不断发展的需求，同时要有一定的可扩展性和系统性，另外还要能与国际标准接轨（习晓环等，2009）。

根据遥感信息工程建设特点，同时参考地理信息系统标准化工作内容，遥感信息工程标准主要包含体系类、数据类、应用类和运营类等几个方面的标准规范。

## 8.2.1　体系类标准

遥感技术标准体系是遥感技术标准化的核心，是开展遥感技术标准化工作的指导性技术文件。遥感技术覆盖面广，涉及的行业多，各行业的技术标准也多，给遥感技术标准体系的确定带来一定的困难。目前遥感技术标准体系研究主要是制定遥感技术中的一些共性标准。从遥感技术发展的需求出发，以及遥感技术与标准的现实需要，依据国家标准委员会制定标准体系表的基本要求，兼顾和采用遥感技术各行业现行标准，按照系统规范、科学严谨、类别明确、具有一定前瞻性的基本原则，循序渐进、逐步完善的方法进行。

遥感信息工程体系类标准规范主要包括标准化指南、术语标准和一致性测试等。其中，标准化指南主要是用于指导建设与应用的标准化工作，它针对建设与应用的需求，在标准规范体系与信息组织与共享分类规范的基础上，提出指导标准工作的目标任务、原则、标准化工作内容，标准体系、标准工作部署、标准支撑体系设计，以及标准规范宣贯、培训等；术语标准主要是规定了制定和编纂相关专业领域术语集的基本原则和方法；一致性测试主要是针对测试对象是否满足标准中各种强制性要求，指导工程项目在建设中一致性测试，它是有严格限定的，并仅针对测试对象是否满足标准中各种强制性要求以及某些可选性要求进行测试。

## 8.2.2　数据类标准

数据是遥感信息工程的基础。随着遥感技术的发展，遥感数据源越来越丰富，遥感数据的种类也越来越多，而遥感数据结构则越来越复杂。众多的数据来源，在给遥感应用提供丰富信息的同时也带来一定的问题，那就是如何有效地管理、共享、使用这些互不兼容的数据。参考地理信息系统行业的发展，标准化是最好的解决方案。标准化是信息化的前提，也是新型工业化的前提。

数据类标准规范主要包括分类与编码、数据字典规范、数据目录规范、元数据标准、数据质量标准等。其中，分类与编码标准主要用于指导数据编目、数据字典和元数据相关内容的数据编码规范的编制，并为数据逻辑一致性的测试提供依据，以利于遥感信息工程建设中的数据整合改造，共享交换；数据字典规范主要是用于项目建设和应用中各数据库数据字典的编制，指导要素与属性代码系统的建立和数据字典编制；数据目录规范用于定义对数字化表示的要素类进行编目的方法，主要是指导地理空间信息整合改造与共享系统数据目录的编制；元数据标准主要提供有关地理数据、服务的标识、覆盖范围、质量、维护、时间和空间模式、空间参照系、分发、负责单位等信息，该标准采用统一的规范和一致的方式使用概念模式语言描述标准化的地理空间信息及服务元数据，是实现多源异构地理信息管理、交换、服务与互操作的基础之一；数据质量标准主要包括对空间数据精度、属性数据精度、逻辑一致性、数据完整性和层次关系等的衡量标准内容。

### 8.2.3　应用类标准

应用类标准规范主要包括元数据仓库规范、目录规则驱动规范、工作流应用规范、插件和组件规范、功能插件注册标准、中间件规范、数据服务规范、目录服务规范等。元数据仓库规范主要规定了功能/模型仓库与数据仓库的元数据描述、存储规范及扩展体系等；目录规则驱动规范主要用于定制规则驱动实现动态目录；工作流应用规范主要是规定业务实现和遥感应用模型及业务的工作流引擎与管理与应用等；插件和组件规范规定了平台建设的插件和组件接口、应用、注册的基本要求等；功能插件注册标准主要是为实现功能/模型统一集成管理而制定的一套规范；中间件规范主要用于实现异构数据集成管理、底层数据访问，实现异构数据互操作；数据服务规范和目录服务规范主要是实现不同系统间遥感等空间数据的高效交换、传输，主要用于指导空间信息交换共享服务系统建设与应用。

由于没有一个统一的遥感应用标准，当前虽然存在着大量的遥感应用系统，但是各个系统之间都是信息孤岛，不能把各个系统有机地结合起来，例如，A 系统的输出结果作为 B 系统的输入数据，再产生其他系统的输入。信息孤岛的存在有多方面的原因，最主要的原因就是当前没有统一的标准，所以各系统互不兼容，由此造成了很多的重复投资、重复技术投入。

而应用标准主要是用于遥感学科与其应用领域相关其他学科之间进行交互的标准。应用是遥感学科发展的最大动力，由于遥感所涉及的领域很广，而且各自有其标准和规范，因此，应用标准的作用就是提供了一个对外的公共接口，使得其他领域可以很好地与遥感学科交互。

### 8.2.4　运营类标准

遥感信息工程的实施涉及众多部门、机构，为了确保遥感信息工程的顺利实施与遥感信息数据的安全性、共享性，必须制定相关运营类标准。

运营类标准主要包括遥感信息应用系统建设与运行规范、系统测试与检测技术规范、数据质量与评价规范、系统安全管理标准和系统验收规范等。其中，遥感信息应用系统建设与运行规范主要是规定了系统建设的指导原则、建设流程、建设基本要求、系统运行要求等；系统测试与检测技术规范主要用于项目建设、验收、运行、维护过程中系统的检查、验收；数据质量与评价规范主要用于平台建设数据质量控制和检测实施；系统安全管理标准主要用于项目建设中系统安全管理的实施；系统验收规范主要是规定了系统验收的前提条件与组织方法、验收内容、依据和相关流程等内容。

## 8.3　遥感信息工程标准检测工具

在遥感信息工程标准建设过程中，除标准本身的文本制订工作外，尚需标准支持软件工具，如一致性检测工具、元数据检测工具、要素编目检测工具等。这些软件工具是遥感标准化建设和管理的必要工具，是遥感信息工程标准化工作技术支撑体系的重要组成部分，借助这些工具，可以确保工程实施过程标准的有效实施和不断完善。

## 8.3.1　一致性检测工具

一致性检测工具针对测试对象是否满足项目标准中各种强制性要求以及某些可选性要求进行测试，主要包括对标准体系本身的一致性测试和标准内部一致性测试。

由于标准文本基本上是使用自然语言描述的，存在很大的二义性和模糊性，如叙述过于简单或复杂而难以理解、例外处理没有定义、标准本身存在矛盾或错误、实现者对于标准理解不同等。因此，需要运用一致性测试来根据某项标准所要求的专门特性来测试待测产品，以便确定该产品一致性实现的程度，对其一致性作出评估。可以说，一致性测试是确保基于标准的产品能正确实现的一个途径，它可以提高产品的性能、互操作性和市场竞争力。在进行一致性测试时，主要运用测试套件来验证标准的某一实现实体，以决定该产品是否与标准内在需求相一致。

目前，一致性测试已在国内应用于工业自动化系统与集成、开放系统互连（OSI）、计算机图形和图像处理等多种领域，而对于遥感信息工程领域则才处于刚刚起步阶段。

一致性测试软件的功能一般如图 8-1 所示。软件主要分为前置处理器和后置处理器两个客户端。其中前置处理器负责一致性测试的前期准备工作，包括标准录入，对 IXIT（implementation extra information for testing）问卷、ATS（abstract test suite）和 ICS（implementation conformance statement）问卷的测试准备及 ETS（executable test suite）生成等。后置处理器负责测试运行、结果分析工作，包括自动测试、人工干预、结果判定和生成报告。一致性测试的主要流程如图 8-2 所示。

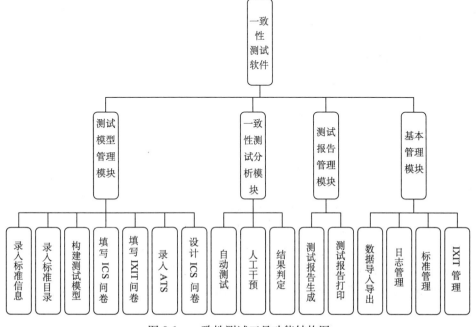

图 8-1　一致性测试工具功能结构图

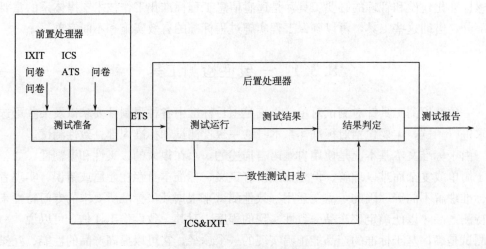

图 8-2　一致性测试流程图

## 8.3.2　元数据检测工具

元数据是用来描述一个具体的资源对象并能对该对象进行标识、发现、评估和管理的结构化数据，一个元数据由许多完成不同功能的具体数据描述项构成，主要包括：对数据集的描述；对数据集中各数据项（如来源、数据所有者、数据生产历史等）的说明；数据质量的描述，如数据精度、分辨率、源数据的比例尺等；数据处理信息，如量纲的转换等；数据转换方法；数据库更新、集成的方法等。

元数据是数据的描述性数据；对不同领域的数据库，元数据的内容有很大差异；元数据应尽可能反映数据的特征及规律。

通过元数据可以检索、访问数据库，可以有效利用计算机的系统资源，可以对数据进行加工处理和二次开发等。

元数据检测工具主要用来检测元数据的合理性、有效性以及与相关标准的一致性。

## 8.3.3　要素编目检测工具

一个要素目录是存放一系列定义的仓库，它在一定的范围内对现实世界中重要的现象进行分类。要素目录提供了对数据进行组织的方法，这些数据能够将现象描绘成不同的等级或类型，所以，结果数据必须是明确的、可以理解的、有用的。

要素编目检测就是用来检查要素编目的结构、要素编目的完整性以及要素编目基于模式的合法性验证等，以保证要素编目数据的合法性与正确性。

一般来说，要素编目检测工具应包括以下三个功能：

（1）对导入数据是否符合标准中关于要素编目方法与数据目录编制规范中规则的合法性检查。

（2）对要素编目采用基于模式的合法性进行验证。如果不能通过验证，则对要素编目的更改无效，直到符合模式为止，并提供验证报告。

（3）要素编目数据项值代码唯一性检查；要素编目结构检查；要素编目完整性检查；要素编目数据项值合法性检查，如日期时间格式、Email、电话、数据单位等。

## 8.3.4　数据质量检测工具

在遥感数据获取、加工与流通的过程中，每一个环节的错误或疏漏都将导致数据质量问题，从而影响遥感信息工程的最终结果，因此在数据使用前必须对数据质量进行检测。

检测数据是否合适使用的核心在于数据质量评估体系和评估方法。目前主要基于数据准确性、完整性、一致性以及时效性四个指标，采取定性和定量结合的方法来进行评估。而数据检测工具正是针对这四个指标设计的一套可自动用于检测数据质量的软件，主要通过单一数据检测、数据集检测和抽样检测三种方式进行。

# 第9章 遥感信息工程实践

随着遥感技术的不断发展，我国已具有研制与生产全套传感器与处理设备的能力，某些设备已处于国际领先水平，并且在多层次遥感数据获取、数据分析处理等方面的能力也不断增强。另外，我国在测绘、气象、国土资源勘察、灾害监测与环境保护、国防、能源、交通、工程等诸多学科及领域对遥感信息的应用也越来越深入和广泛，建设能满足各类需求的遥感信息工程项目也势必越来越多。因此，为了提高遥感数据共享、利用程度以及遥感业务化服务能力，节约投资，最大限度地发挥遥感信息在国民生产、生活中的作用，遥感信息工程建设必须以遥感信息工程方法论为指导，并科学规划、合理布局、统筹安排，形成适合我国国情的遥感信息综合建设和应用模式。

## 9.1 工程建设思路

在具体的遥感信息工程建设中，由于涉及的技术多、周期长、工程复杂等，必须以遥感信息工程方法论为指导，明确遥感信息工程建设的目的、规模和主要内容，形成一套遥感信息工程建设中所涉及的数据、软件、管理等的标准和规范，根据应用需求获取相关数据并进行专题数据加工处理，开发相应的遥感应用系统并进行集成，最后在建设单位范围进行部署和运营。

### 9.1.1 系 统 分 析

系统分析的主要工作是对遥感信息应用系统建设单位用户进行调查研究，对其进行需求分析和可行性分析等，主要目的：一是明确遥感信息工程的建设目标、规模和主要内容；二是明确遥感信息工程建设的可行性和带来的社会、经济效益等。系统分析是遥感信息工程建设的第一步，它是遥感信息工程后续建设的依据和基础，直接影响到将来遥感信息工程建设的质量。

1. 需求分析

需求分析主要是通过调查掌握遥感信息工程建设的基本需求，了解遥感信息工程相关建设单位的基本情况，并将调查的资料进行整理分析，形成需求分析报告，明确遥感信息工程建设的总体目标、建设规模、建设内容、建设要求等，为以后的遥感信息工程建设的实施提供基本依据。

需求分析的调查形式多种多样，主要有无遥感信息工程建设单位参与的调研和有遥感信息工程建设单位参与的调研等。其中，无遥感信息工程建设单位参与的调研活动包括网上搜集资料、问卷调查、到相关遥感信息工程建设单位实地调研参观等形式；有遥感信息工程建设单位参与的调研活动主要是到遥感信息工程相关建设单位实地讨论、访谈、索取资料等多种形式。

根据遥感信息工程建设的特点，需求分析的调查内容主要包括以下两个方面。

1) 遥感信息工程建设相关单位的基本情况

遥感信息工程建设相关单位的基本情况主要有：①遥感信息工程建设单位的组成、各组成单位的地理位置、单位性质、单位规模、资金力量、人员构成、组织结构、基本业务等基本情况；②各组成单位的技术力量、信息化程度、软硬件基本设施等基本情况。

2) 遥感信息工程项目建设情况

遥感信息工程项目建设的基本情况主要包括项目建设目标、项目建设规模、项目建设周期、项目建设地点、项目建设方式、项目投资预算、项目环境建设要求、项目技术要求、项目组织管理机构等基本情况。

## 2. 可行性分析

可行性分析是在需求分析的基础上，从社会因素、技术因素、经济因素等方面对遥感信息工程建设的必要性和实现遥感信息工程建设目标的可行性进行分析，以确定遥感信息工程项目建设目标、建设规模、投资预算、技术要求等是否合理。通常遥感信息工程建设的可行性分析需要考虑的因素有效益问题、经费问题、进度预测、技术问题、管理问题、安全问题等。

遥感信息工程建设的可行性分析主要可从以下几个方面进行分析。

1) 理论分析

从理论上分析遥感信息工程建设的可行性主要考虑三方面内容：一是现有的遥感数据精度、数据模型等能否满足当前遥感信息应用的需求；二是现有的遥感应用模型和分析处理方法能否满足遥感信息应用的需求；三是现有的遥感影像处理工具及遥感集成平台能否满足遥感信息应用的要求。

2) 技术水平

遥感信息工程建设的技术水平可行性分析主要是从参与遥感信息应用系统建设单位和遥感信息应用系统部署运营单位的技术水平两个方面进行考虑，主要涉及这两个方面的技术队伍、技术基础、软硬件基础设施等方面因素。

3) 经费估算

经费是制约遥感信息工程建设目标能否实现的主要因素之一。遥感信息工程建设中需要考虑的经费主要包括各类工作环境建设改造费用、水电费用、硬件采购费用、系统软件采购费用、遥感数据采购费用、遥感信息应用系统开发与集成费用、劳动力成本费用、差旅耗材费用等。

4) 财力状况

遥感信息工程建设单位的财力状况是直接关系到遥感信息工程建设成败的主要决定性因素。对于资金丰富、资金有限、资金相当有限等不同建设单位，需要对可采用的硬件和软件、建设的规模和要求提出一个经过充分论证的可行性报告，降低遥感信息工程建设的风险。

5）社会经济效益

社会效益分析指遥感信息工程项目建成以后可能产生的社会经济效益预测。它包含三个方面的内容：一是社会效益，主要体现在促进人们安居乐业和改善人们生活环境质量等方面的效益；二是经济效益，主要是指投入与产出的比率、工程的完成和运营带来的直接经济效益；三是科技效益，主要是指在建设遥感信息工程的过程中产生的技术研究成果、管理运营模式等对社会产生的影响。

6）进度预测

遥感信息工程的建设时间也是影响遥感信息工程建设目标的一个重要因素，遥感信息工程建设由于涉及技术多、范围广、系统复杂，一般需要较长的时间，因此在方案的实施上可考虑分阶段、分步骤进行。

# 9.1.2 标 准 建 设

遥感信息工程往往涉及跨部门、跨领域、跨行业的建设和实施，并且各部门的信息化程度不平衡，即其硬件设备、软件系统和积累的大量空间数据各异，为了实现既能对多源异构遥感、GIS 矢量等数据进行集成共享，又能对不同部门、不同行业、不同领域已建立和将要建设的各类遥感应用系统、GIS 应用系统等有效集成，必须要"标准先行"，即在完成遥感信息工程项目的系统分析之后，根据建设目标和标准建设方式，建立遥感信息工程项目的标准规范。

1. 遥感信息工程标准规范内容

根据遥感信息工程建设特点，遥感信息工程主要包含体系类、数据类、应用系统类和运营类等几个方面的标准规范。其中，体系类标准规范主要包括标准化指南、术语标准和一致性测试等；数据类标准规范主要包括分类与编码、数据字典规范、数据目录规范、元数据标准等；应用系统类标准规范主要包括元数据仓库规范、目录规则驱动规范、工作流应用规范、插件和组件规范、功能插件注册标准、中间件规范、数据服务规范、目录服务规范等；运营类标准规范主要包括遥感信息应用系统建设与运行规范、系统测试与检测技术规范、数据质量与评价、系统安全管理标准和遥感信息应用系统验收规范等。

2. 遥感信息工程标准规范建设方式

遥感信息工程标准规范建设方式主要有等效采用、非等效采用和建立新的标准规范三种形式。

1）等效采用

等效采用标准是指在遥感信息工程建设中所采用的技术类和管理类标准规范内容与国际、国内、行业内的技术类和管理类标准规范内容基本相同，这些标准规范直接采纳使用，主要包括目前已有的体系类、数据类、应用系统类和运营类的部分标准规范，如在应用系统类中进行遥感信息应用系统开发中遵循的信息技术行业和软件开发与服务国家标准《软件工程术语》（GB/T 11457—2006）、《信息技术软件生存周期过程》（GB/T

8566—2007)、《计算机软件测试规范》（GB/T 15532—2008）等。

2）非等效采用

非等效采用标准是指在遥感信息工程建设中所采用的技术类和管理类标准规范内容与国际、国内、行业内的技术类和管理类标准规范内容部分有差异，这些标准规范只能部分采纳使用，主要包括目前已有的体系类、数据类、应用系统类和运营类的部分标准规范，如在应用系统类中进行遥感信息应用系统开发中遵循的工作流应用规范等。

3）建立新的标准规范

在遥感信息工程建设中所采用的技术类和管理类标准规范内容与国际、国内、行业内的技术类和管理类标准规范内容有较大差异，这些标准规范不能采纳使用，必须建立新的标准规范。主要包括目前已有的体系类、数据类、应用系统类和运营类的部分标准规范，如在应用系统类中进行遥感信息应用系统开发中遵循的功能插件注册规范等。

# 9.1.3　模型选择与构建

在进行遥感信息工程建设时，针对不同的行业需要选择或构建不同的遥感应用模型，包括遥感基础模型、专业基础模型和综合应用模型等。根据建设单位的行业和领域需求，遥感应用模型选择的步骤如下：一是搜集整理相关行业的遥感应用模型；二是对这些遥感应用模型进行对比分析，找出这些遥感应用模型的优缺点，以供选择参考；三是针对遥感在具体行业中的应用特点，在有必要的情况下可对这些遥感应用模型进行改进。具体来讲，在选择或构建这些遥感应用模型时，主要遵循准确性、分层、分治等原则，结合系统需求、使用目的、项目预算等方面的要求，分析在遥感模型库中是否存在合适的遥感基础模型，如果不存在，就需要构建新的遥感基础模型；再分析在遥感模型库中是否存在合适的遥感专业基础模型和能满足行业应用需求的遥感综合应用模型，如果不存在，就需要构建新的遥感专业基础模型和遥感综合应用模型。

在构建遥感基础模型、专业基础模型和综合应用模型时各自方法也不尽相同。遥感基础模型是需经过大量的实践检验才能制定出成熟的遥感数据处理标准化流程；专业基础模型主要是通过具有典型意义参数建立的模型反演、推导的信息产品模型，并与地物采样数据在实验室分析所得的实际参数进行比较，然后对反演模型进行优化；遥感综合应用模型主要根据行业和业务需求，对各类遥感基础模型、专业基础模型进行组合搭建。

# 9.1.4　数　据　加　工

遥感影像数据加工是遥感信息工程建设的一个核心内容，遥感影像数据加工处理的优劣直接决定了遥感信息应用的成败。专题遥感数据加工是遥感信息深入和广泛应用的一个重要基础。专题遥感数据加工首先需要根据遥感应用需求选择相应的遥感应用模型和遥感影像数据，然后制定遥感数据加工处理的工艺流程，选择相应的遥感数据加工工具进行处理，如图 9-1 所示。

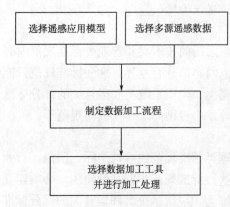

图 9-1　遥感数据加工建设的基本思路

## 1. 选择多源遥感数据

不同的遥感应用模型对遥感数据的要求也不同。因此，在选择多源遥感数据时，需广泛了解国内外各类遥感数据的特征，在此基础上结合遥感应用模型要求选择相应的遥感数据。

在选择遥感数据时需要了解国内外遥感数据的特征，主要包括空间分辨率、光谱分辨率、时间分辨率等，同时还应了解相关遥感数据获取的可靠性、费用，以及不同特征的遥感数据用途等信息。例如，低空间分辨率遥感数据可用来评估作物长势、土地资源规划，中空间分辨率遥感数据可用来资源调查、环境监测等，高空间分辨率遥感数据可用来资源详查和监测等。

## 2. 制定数据加工流程

专题数据的加工工艺流程主要与数据来源、遥感应用模型、遥感应用目的等密切相关，因此，在制定专题数据加工工艺流程时，要在充分考虑不同来源数据的特征基础上，根据不同的遥感应用目的，选择合适的遥感应用模型，结合现有遥感数据处理技术来进行。一般地，专题遥感数据加工流程主要有数据预处理、信息提取、专题数据输出等几个步骤。

## 3. 选择数据加工工具

在专题遥感数据加工处理过程中，由于面对的往往是海量、异构、多源的遥感和其他数据，并且在遥感数据加工处理时往往随着时间的推移，由于选择的模型或需求发生变化，相关遥感专题数据加工流程就会发生变化等。因此，在选择数据加工工具时，需要从经济、海量遥感数据处理能力、遥感应用模型和专题数据加工流程易搭建能力、"无人值守"的数据处理与服务能力等多角度综合考虑。中地数码集团开发的 MapGIS K9 遥感影像处理平台具有高效的海量遥感数据处理能力和"无人值守"的数据处理与服务能力，可作为遥感数据加工的首选工具。

# 9.1.5　应用系统建设

遥感信息应用系统的建设主要是根据系统需求进行设计，按照系统设计开发相应的应用系统，并对这些应用系统进行集成和部署。

## 1. 系统设计

系统设计的目的是回答"系统应如何实现"的问题，其主要任务是划分出系统建设的各组成部分以及相关联系等，并且根据系统确定的应用目标，配置适当数量的硬件、软件的设计和运行环境。系统设计的内容主要包括系统硬件环境设计、系统软件环境设计、系统功能设计等方面。

1）系统硬件环境设计

系统硬件环境设计主要包括两个方面内容：一是根据系统建设需要对工作厂房环境进行建设或改造设计，如设计新建、改造及装饰工程方案等；二是系统硬件配置设计，如系统组网方案设计、系统网络、存储、处理、输出等硬件配置方案设计等。

2）系统软件环境设计

系统软件环境设计主要是系统各部分的操作系统、数据库系统、遥感数据处理工具软件以及基础软件构件的配置方案设计，如系统在设计时和运行时的操作系统、数据库、基础软件构件配置，系统的服务器端和客户端的操作系统、数据库、基础软件构件配置等。

3）系统功能设计

系统功能设计主要是根据系统需求进行系统功能模块划分、功能流程设计、系统界面设计、系统权限设计、数据管理设计等内容。另外，系统功能设计根据实际需要进行相应的总体功能设计、详细功能设计等。

**2. 系统开发与集成**

1）系统开发与集成平台

（1）MapGIS K9 通用遥感数据处理平台的特点。

MapGIS K9 遥感影像处理平台是一套功能齐全的集遥感影像数据处理、遥感数据管理、遥感信息应用系统开发与集成为一体的大型基础软件平台，平台采用 MapGIS K9 数据中心集成开发平台的架构思想，是集"基础"与"应用"为一体的综合开发与应用集成平台，即 MapGIS K9 遥感影像处理平台一方面提供了一组功能强大的海量数据存储管理、影像可视化、辐射校正、几何校正、影像分析、信息提取和制图输出为一体的工具，呈现一套完整的遥感处理流程，为用户提供计算速度更快、精度更高、数据处理量更大的新一代遥感影像处理、数据管理发布的解决方案；另一方面 MapGIS K9 通用遥感数据处理平台面向遥感应用需求，提供遥感影像海量数据的有效存储管理，实现从基本遥感影像处理到高级智能解译等系列功能。系统以其先进的影像处理技术，友好、灵活的用户界面和操作方式，面向广阔的遥感应用领域，服务于不同层次的用户。

MapGIS K9 遥感影像处理平台是一个"资源管理器"，又是一个"系统开发器"。其中，"资源管理器"管理"数据资源"和"功能资源"两大资源，数据资源通过数据仓库管理，功能资源通过功能仓库管理。数据仓库可以在同一个框架下，把来自不同生产厂商、不同格式、不同标准、分布在不同位置的数据统一在一个系统之下，实现对分布式多源异构空间数据的管理。功能仓库是一个支持和管理以多种方式（组件、插件、流程、动态库、程序片断、脚本等）提供的功能，并能对这些功能以一种一致的方式进行调用及执行。"系统开发器"采用柔性设计理念，提供了适合于各种遥感应用领域的应用系统快速构建技术，为多领域应用系统的集成及功能复用提供手段，实现多源异构数据的统一、层次化管理，能够在统一的框架下实现多个遥感信息应用系统和 GIS 应用系统的协调工作，支持应用方案的集成搭建和配置可视化，增强了遥感信息应用系统适应需求不断变化的能力，极大地降低了遥感信息应用系统的开发难度。

另外，MapGIS K9 遥感影像处理平台与 GIS 平台无缝融合，将专业的影像数据处理和分析工具集成到 GIS 系统环境中，在同一系统中，既能完成遥感数据的专业处理与分析，又能完成 GIS 分析和发布共享等功能，使开发过程更重视遥感专业和业务模型。

（2）MapGIS K9 通用遥感数据处理平台架构。

MapGIS K9 通用遥感数据处理平台是在 MapGIS K9 新一代大型分布式地理信息系统基础软件平台上开发的遥感专用模块，系统的架构思想和 MapGIS K9 保持一致，MapGIS K9 通用遥感数据处理平台的系统架构如图 9-2 所示。

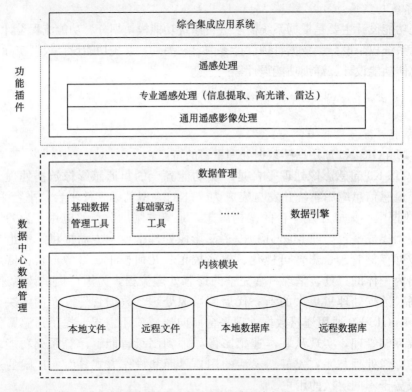

图 9-2　MapGIS K9 遥感平台架构

其中，数据管理提供遥感影像数据存储、管理，采用可定制的目录树结构来实现这些数据的层次管理，是整个影像处理平台的基础；专业处理插件则是针对用户进行遥感影像专业处理的不同需求提供的功能模块。

（3）MapGIS K9 通用遥感数据处理平台的主要功能。

MapGIS K9 通用遥感数据处理平台提供对海量遥感影像数据的管理，支持 Oracle 和 SQL Server 等商用关系数据库管理系统以及基于影像文件的文件管理系统；支持海量影像数据的快速存储、索引、浏览、查询和裁剪；提供基本的、对常见遥感影像的处理功能，如文档管理、矢量操作、显示增强、投影转换、影像分类、滤波处理、变换分析、二值化与数学形态学处理等工具；同时对雷达和高光谱处理也提供了支持以及功能的升级。

（4）MapGIS K9 通用遥感数据处理平台二次开发体系。

MapGIS K9 通用遥感数据处理平台提供多种二次开发方法给不同编程背景的用户，二次开发体系见图 9-3。整个二次开发体系基于该基础平台构建，由基础平台提供基础的 C/C++接口和组件库。MapGIS K9 通用遥感数据处理平台二次开发提供组件式开发、插件式开发、搭建式开发、配置式开发等不同的开发模式；基于该二次开发体系，面向遥感应用可以方便地构建专业性的遥感应用系统。

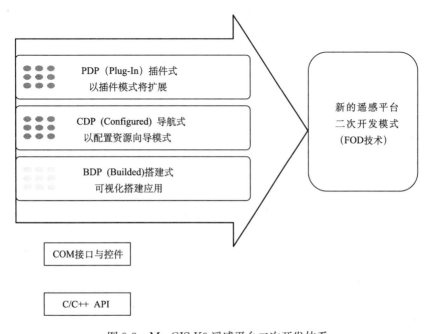

图 9-3　MapGIS K9 遥感平台二次开发体系

第一，组件式开发模式。MapGIS K9 通用遥感数据处理平台定义了丰富的遥感数据处理和 GIS 功能组件接口标准，采用标准的 COM 接口，具有与开发工具和语言无关的特点。用户在 MapGIS K9 通用遥感数据处理平台上进行开发时，可以使用各种开发语言（VB、VC、Delphi 等），甚至在一个系统中使用的不同功能插件均可以用不同的语言开发完成。系统设计了一个全新的应用开发框架模型，在系统框架模型中通过简单的定制将它们整合成一个有机的整体。

第二，插件式开发模式。MapGIS K9 通用遥感数据处理平台提供的功能仓库系统框架作为插件容器，提供了符合功能访问标准的访问方式，以及灵活的功能资源管理框架，实现功能集成管理。利用不同开发语言开发出符合功能仓库提供的标准插件接口的插件，即可实现功能扩展，这些插件可以是遥感基础模型、遥感专业基础模型、遥感综合应用模型等。图 9-4 为插件式开发工程界面。

第三，搭建式开发模式。搭建式二次开发模式拥有可视化的工作流开发环境，只需

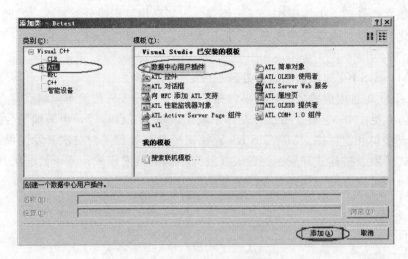

图 9-4　插件式开发工程界面

"拖拽"相应功能即可设计出相应的遥感影像处理流程（图 9-5），实时显示后台工作流的执行情况，并且实现"一次搭建、处处运行"，维护、部署以及移植都很方便，符合工作流程人性化的特点，并且大大缩短了开发周期。

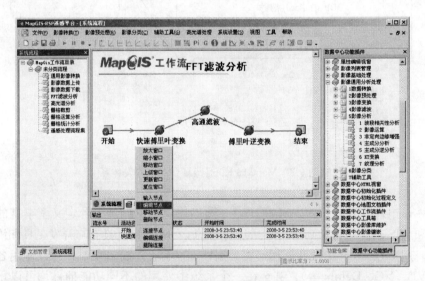

图 9-5　搭建式开发相应功能界面

第四，配置开发模式。MapGIS K9 通用遥感数据处理平台配置式二次开发是基于 MapGIS K9 平台的数据中心技术实现的，通过数据中心提供的集成设计器，以配置的方式给创建的应用程序定义初始化过程、系统菜单、右键菜单、工具条、批处理过程、定义权限、状态栏、界面角色等，以此快捷地构建一个遥感信息应用系统，如图 9-6 所示。

2）系统开发环境

基于 MapGIS K9 通用遥感数据处理平台开发遥感信息应用系统可在 .Net 或 J2EE Java 平台环境开发各项功能。

图 9-6　配置式开发应用系统界面

（1）. Net 架构。. Net 是由微软公司开发的下一代互联网的开发平台，它集成了 ASP. Net、XML Web Service 等开发环境。. Net 架构下可采用 Visual Studio . Net 可视化开发工具，利用 C♯或 C++等开发语言开发相应以组件、插件、流程、动态库、程序片断、脚本等方式提供的功能。. Net 架构兼容 . Net 公共语言运行库所支持的任何语言，并基于 Microsoft. Net Framework 生成，提供了该框架的所有优点，包括托管环境、类型安全性和继承。

（2）J2EE 架构。MapGIS K9 通用遥感数据处理平台主要以两种方式支持 J2EE 架构开发的功能：一种是发现、访问和调用基于 J2EE 架构开发的以 Web Service 服务提供的功能；另一种是 J2EE 架构访问、调用基于 MapGIS K9 通用遥感数据处理平台开发的以 Web Service 服务提供的功能。在具体开发过程中，可采用 Eclipse 开发工具，利用 Java 语言开发相应功能。其中，Eclipse 是一种通用工具平台——普遍适用的开放式扩展 IDE。它提供了功能丰富的开发环境，众多插件能够无缝集成到 Eclipse 平台中的工具；Java 语言由 Sun 公司推出，是一个支持网络计算的面向对象程序设计语言，它支持并发程序设计、网络通信和多媒体数据控制等。

3）系统开发与集成过程

（1）遥感信息应用系统开发。根据 MapGIS K9 通用遥感数据处理平台提供的搭建式、配置式等开发模式，遥感信息应用系统能够很快捷地搭建出来，并且能适应需求的变化迅速做出调整，真正实现了"零编程、巧组合、易搭建"的可视化开发。遥感信息应用系统开发时，首先采用配置工具，如数据中心设计器、工作流设计器及用户权限设计器等，按照需求设计系统，形成 XML 文件存储的系统解决方案，系统运行时通过运行环境，将解决方案加载到可伸缩的框架中即可形成相关领域的遥感信息应用系统（图 9-7）。

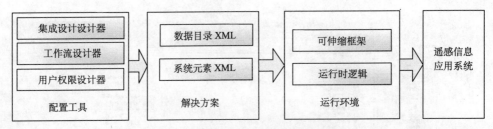

图 9-7　遥感信息应用系统开发过程

（2）遥感信息应用系统集成。在基于 MapGIS K9 通用遥感数据处理平台开发各项功能和应用系统后，还需要对其进行集成，在同一架构和环境下运行。根据需求开发的各遥感信息应用系统集成时主要是基于 MapGIS K9 通用遥感数据处理平台完成数据的集成、功能的集成、模型的集成、表示的集成等几个方面集成工作，系统集成后还需要进行集成测试。

3. 系统部署

根据业务和数据特点，结合系统组网和系统运行管理模式，在遥感信息应用系统完成开发和集成后即可在相应硬件上进行部署，部署的模式可采用集中式、分布式和混合式等形式。

# 9.2　工程建设实例

根据遥感信息工程方法论和遥感信息工程建设的基本思路，本节以 2009 年国家发展和改革委员会卫星产业化项目"武汉城市圈国土资源卫星遥感综合应用高技术产业化示范工程"为例，介绍遥感信息工程建设的基本内容和思路。

## 9.2.1　项目背景

推进以卫星应用为代表的民用航天产业的发展是我国"十一五"高技术产业发展重中之重的任务。"十一五"是我国民用航天产业发展的关键时期，为贯彻落实《国民经济和社会发展第十一个五年规划纲要》、《国家中长期科学和技术发展规划纲要（2006～2020 年)》、《高技术产业发展"十一五"规划》和《航天发展"十一五"规划》，大力推进我国卫星应用产业的发展，提升卫星应用自主创新能力，更好地为国民经济和社会发展服务，2007 年 6 月，国家发展和改革委员会和国防科学工业委员会联合颁布了《关于促进卫星应用产业发展的若干意见》，提出：到 2020 年，完成应用卫星从试验应用型向业务服务型转变，建立卫星应用产业发展新体制，使地面设备国产化率达到80％，卫星应用产业产值年均增长幅度达到 25％以上，成为高技术产业新增长点的总体目标，同时明确提出卫星应用产业发展"十一五"重点任务。在卫星遥感领域，着重建立业务化、一体化的自主遥感卫星应用和服务体系。以建立国家高分辨率对地观测系统为契机，加强卫星遥感数据在国土资源等关键领域的应用，加强城市管理和重大工程中卫星遥感应用的比例，培育遥感服务企业，实施应用示范工程，形成完整的卫星遥感应用服务产业链。

遥感技术在土地管理各项业务中的广泛成功应用，已为土地督察工作的有效开展提供了技术和基础保障。通过建立自身独立、可靠的工作系统和数据来源，避免受传统基础资料、原始数据或地方在上报数据中做手脚的影响，以及受地域因素对工作的局限，直观、客观、及时、实时地监管好地方各级土地管理部门的行政和土地执法能力。严控耕地流失，坚守18亿亩①耕地红线，是国家土地督察机构的神圣使命和重要职责。守住18亿亩耕地，关键要严格控制耕地流失。根据国家赋予的主要职责，土地督察机构要保证事前、事中和事后的全过程督察。事前关口主要是合法性审查，重点是对农用地转用审批和土地征收的合法性审查；事中关口主要是土地执法监督；事后的关口主要是责令违法违规行为限期整改。而这三项工作，正好可以发挥遥感技术的特点和优势。前者体现遥感技术现时性和直观性强的特点，执行土地督察常规任务；后两者发挥其时效性强的优势，可以对重点地区土地利用状况开展土地执法的重点监测和突发事件的快速应急监测，实现用地情况的实时监管与违法用地的及时、快速发现与查处。同时充分发挥遥感技术在调查、规划和耕地保护等国土资源管理工作中的综合服务能力，为国土资源参与宏观调控提供动态信息。

"武汉城市圈"由"1＋8"9座城市组成区域经济联合体，指在以武汉市为中心的100km半径内，整合黄石、鄂州、黄冈、孝感、天门、潜江、仙桃、咸宁8个中小城市，形成湖北乃至长江中游最大、最密集的城市群。《武汉城市圈资源节约型和环境友好型社会建设综合配套改革试验的总体方案》（简称"武汉城市圈"综改方案）已于2008年9月10日获得国务院的正式批复，这是国内第一个启动综改试点的城市圈（群）。该方案明确提出将加快发展高新技术产业视为武汉促进产业结构快速优化升级的重要抓手之一；将大力推进土地节约集约利用，建立圈域内耕地有偿保护和占补平衡机制，确保耕地占补的数量和质量"双平衡"。其目标是按照建设资源节约型、环境友好型社会的总体目标，以武汉市为主体，发挥武汉在城市圈中的龙头和辐射作用，同时增强武汉城市圈内"1＋8"城市在产业、金融、交通等方面的关联度，通过改革缩小城乡差别。既要按规划发展，又要按国策保护好耕地。要达到所提出的完善城市圈土地资源管理体制目标（统筹工业化、城市化进展，加大土地管理体制改革力度，建立工业用地、城市建设用地增加与人口转移、农业农村用地减少平衡机制，促进集约用地），采用现有的管理方式和技术手段进行管理还存在着较大的难度。

该项目将根据湖北省国土资源厅的具体业务需求，结合武汉城市圈资源管理运行特点，建设相应的卫星遥感专题数据加工生产基地，建成一个一体化、支持业务运行的国土资源分布式共享支撑平台，建成国土资源综合应用系统（包括建设用地管理、耕地保护、规划、执法监察等系统），满足国土资源建设用地审批、耕地保护、执法监察等业务管理需要，采用"软件＋服务"营运模式，更快、更好地完善国产卫星遥感数据产业链，为武汉城市圈建设中处理好城市发展与耕地保护平衡、促进集约用地等关键问题提供技术支撑，发挥该系统在武汉城市圈两型社会建设中"快更新、评规划、查违法、助

---

① 1亩≈666.67m²，下同

决策"的作用。在建设过程中，该项目将形成具有行业指导作用和规范意义的卫星遥感行业应用业务化运行的标准规范，这些成果将为全国范围的区域级国土资源管理系统建设提供实践经验，也可为其他行业、其他区域的遥感数据应用与服务提供示范。

## 9.2.2 项目目标

### 1. 项目建设目标

利用卫星遥感先进技术，建设国土资源卫星遥感综合应用工程，为开展国土资源规划与监管业务提供技术保障，充分发挥"快更新、评规划、查违法、助决策"的作用，为武汉城市圈建设资源节约型和环境友好型社会助力，为国产卫星遥感数据在国土资源领域及其他行业、其他区域的综合业务化应用提供示范。

### 2. 项目建设规模

(1) 建设国土资源卫星遥感综合应用系统，开展土地利用现状数据库更新2次、土地违法卫星遥感监察3次，实现武汉城市圈土地利用动态监测6次。

(2) 新增70个节点的数据处理机位，实现年专题遥感数据处理能力45万 km² (主要为国产遥感数据)。

(3) 建设国土资源卫星遥感综合应用分布式共享支撑平台，支持100个用户并发访问的能力。

## 9.2.3 建设内容

该项目的主要建设内容包括"一个中心"和"两个基地"。"一个中心"是指国土资源遥感技术产业化转换试验中心；"两个基地"是指卫星数据加工生成基地和国土资源遥感规划监管应用示范基地。以国土资源遥感技术产业化试验中心为技术核心，建设卫星数据加工生成基地和国土资源遥感规划监管应用示范基地。

### 1. 建设国土资源遥感技术产业化转换试验中心

国土资源遥感技术产业化转换试验中心实际上是将科研成果进行工程化实验的中心。如图9-8所示，成立常设专家组，对国内外先进技术和工艺进行产业化评价，开展产业化实验，为遥感技术从科研层面到产业层面的转化提供技术支撑。

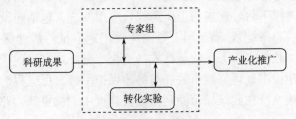

图 9-8 产业化转换试验中心示意图

该中心建设的作用有如下几个方面：

（1）在建设期间，两个基地建设所需要的许多技术、工艺流程及加工处理技术先需要在中心实验、评估，然后到基地中部署实施。

（2）在后期示范推广期间，通过推广方案论证、工程方案设计、集成、宣贯、培训等，向其他区域全方位地从科研成果向产业化成果示范推广。

（3）以后可以成为一个教育培训基地。

**2. 建设卫星数据加工生产基地**

卫星数据加工生产基地是对多源遥感影像（"三高一低"：高光谱、高分辨率、高时效、低成本）进行加工处理，生产出能满足国土资源业务管理要求的基础数据。如图9-9所示，卫星数据加工生产基地包括数据加工处理平台和存储原始数据、专题产品数据与标准产品数据的存储中心。

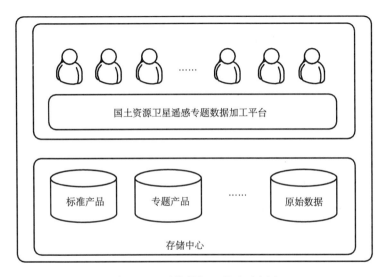

图 9-9　卫星数据加工基地示意图

**3. 建设国土资源遥感规划监管应用示范基地**

国土资源遥感规划及监管应用示范基地是建立在"湖北省国土资源数据中心"的基础上，部署在国土资源厅，以武汉城市圈、湖北省卫星遥感信息数据的网络环境下分布式计算、共享分发服务为目标，建设省、市以及企业多位一体的分布式共享支撑平台，在此基础上提供现状更新调查、土地利用总体规划监测、耕地保护动态监测、建设用地动态监测、土地分等定级等功能，满足武汉城市圈国土资源的土地资源调查、耕地保护及土地评价等业务需求。

图9-10为该基地的总体建设方案。从"遥感专题数据加工处理基地"汇集到"湖北省国土资源厅数据主中心"，基于这些数据产品，利用"国土资源卫星遥感综合管理应用系统"提供的功能向城市圈"1＋8"地级市服务，为省和市的国土资源规划和监管提供技术支撑。

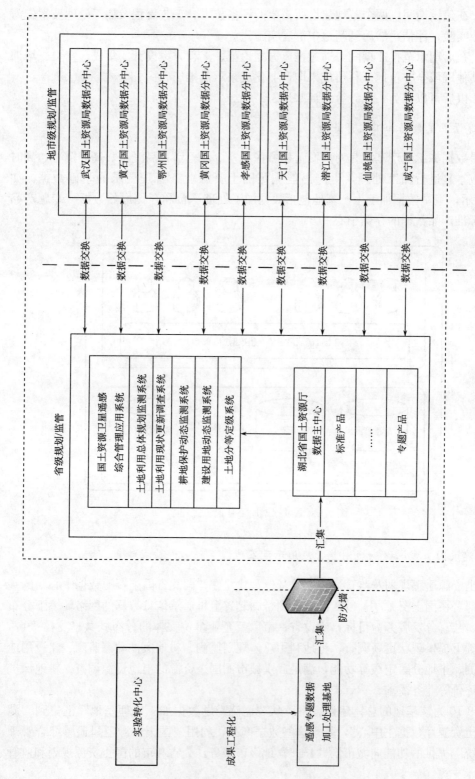

图 9-10 示范基地建设总体建设方案

## 9.2.4 项目设计

依据该项目建设目标和内容，根据遥感信息工程建设思路，该项目设计主要包括工作场地布置设计、硬件系统配置设计、遥感应用系统设计等。

1. 工作场地布置设计

1）地理位置

该项目建设实施地主要是武汉中地数码科技有限公司自有的武汉市东湖高新技术开发区关山大道 1 号光谷软件园 A10 栋研发楼和租赁的 A9 栋及武汉市东湖高新技术开发区华中科技大学科技园航天数码大厦 3 楼内。项目的主要实施地位置、交通及设施状况分别为：

（1）武汉东湖高新技术开发区关山大道 1 号光谷软件园 A9 和 A10 栋。这两栋楼位于武汉东湖高新技术开发区光谷软件园内。光谷软件园是"武汉中国光谷"第一个新实施的重大基本建设项目，为国家级的软件产业示范园区，园内规划有 IT 文化园、软件产业区和商住生活区三大区域，将成为集软件产品研发、试验、检测，软件企业孵化，软件人才培训，软件技术交流，软件产业服务管理，科技旅游为一体的综合性生态园区，为华中地区最大的软件产品研发中心、销售中心和信息交流中心。A10 栋拟设为项目的支撑平台软件开发及应用实施区，A9 栋拟设为数据加工处理软件二次开发和完善的基地场所。

（2）武汉市东湖高新技术开发区华中科技大学科技园航天数码大厦。该楼处于华中科技大学科技园内。华中科技大学科技园是武汉市东湖高新区国家大学科技园的重要组成部分之一，于 1999 年底开始进行规划和征地工作，2000 年 3 月正式启动科技园基础设施建设。2001 年 6 月，被科学技术部、教育部批准为第一批 22 所国家大学科技园的试点单位，2003 年 9 月通过了国家大学科技园评估验收，2003 年 12 月，被科学技术部认定为"国家高技术研究发展计划 863 成果产业化基地"。目前，科技园区内已形成占主导地位的光电子产业，以及激光、先进制造和新材料、软件产业，集聚了一批国家级高技术产业化示范工程基地——数控系统产业化基地、激光产业基地、敏感元件基地、光器件产业基地、光纤互感器产业基地、CAD 软件产业基地。拟设为数据加工处理基地场所。

2）工作场地的设置与布局

（1）支撑平台软件开发及应用实施区。该区域主要用于综合应用服务支撑平台软件产业化的开发及产业化转换试验中心研究工作用房。该区域主要可部署在光谷软件园 A10 栋。

（2）卫星遥感数据处理软件研发实施区。建立卫星遥感数据处理软件研发处理实验室，主要用于卫星遥感工艺模型的验证和工程化应用。该区域主要可部署在光谷软件园 A9 栋。

（3）数据处理加工基地。该区域主要用于制作综合应用专题数据，为综合应用示范基地提供完备的数据支撑，及时将数据处理情况反馈给产业化转换试验中心。该区域主要部署在华中科技大学科技园航天数码大厦。

3）工作区域改造

根据遥感信息工程中有关工作环境建设的原则和要求，结合该项目特点需要对已选取的工作场地进行改造。

（1）支撑平台软件开发及应用实施区改造工程。在武汉市东湖高新技术开发区关山大道1号光谷软件园A10栋建筑内实施。根据项目的功能分区要求，按工作性质和流程的设置对各区域重新隔断改造，内隔墙采用黏土多孔砖墙或玻璃，墙面为丝面高级乳胶漆，办公研发区域地面铺设防静电地板，门为实木门，吊顶为矿棉吸音板。

（2）卫星遥感数据处理软件研发部建设实施区改造工程。在武汉东湖高新技术开发区关山大道1号光谷软件园A9栋内实施。根据项目的功能分区要求，按工作性质和流程的设置，对各区域重新隔断改造，内隔墙采用黏土多孔砖墙或玻璃，墙面为丝面高级乳胶漆，办公研发区域地面铺设防静电地板，门为实木门，吊顶为矿棉吸音板。

（3）数据处理加工基地实施区工程。在武汉市东湖高新技术开发区华中科技大学科技园航天数码大厦内实施。根据项目的功能分区要求，按工作性质和流程的设置，对各区域重新隔断改造，内隔墙采用黏土多孔砖墙或玻璃，墙面为丝面高级乳胶漆，办公研发区域地面铺设防静电地板，门为实木门，吊顶为矿棉吸音板。

2. 硬件系统配置设计

根据项目生产纲领的要求与遥感信息工程硬件和软件系统建设原则，经对国内外同类设备、仪器性能及技术指标的比选，拟定该项目主要研发设备、仪器选用国内技术领先生产厂家生产的名牌产品，关键设备、仪器及软件选用国外先进产品。主要硬件设备的选型和基础软件设备选型分别如表9-1和表9-2所示。

**表 9-1　主要硬件设备及其选型**

| 序号 | 设备名称 | 型　　号 | 性能指标 | 数量 |
|---|---|---|---|---|
| 1 | 数据服务器 | IBMX3950（88785RC） | Intel Xeon Processor 7150N 3.50GHz 2MB L2 4GB / 64GB PC2-3200 DDR2 400 RDIMM 0GB 440.4GB 开放托架 | 4 |
| 2 | Web 应用服务器 | 曙光天阔 I940r-F2 | 服务器类型：机架式；处理器类型：Itanium 2 9015；服务器处理器主频：1.4GHz；内存容量：8GB；存储控制：SAS；内部存储容量：73GB；标配处理器：4 颗 RAID | 4 |
| 3 | 备份服务器 | IBM | 处理器类型：Intel XEON；最大处理器数量：2；处理器主频（MHz）：3.2 GHz | 2 |
| 4 | 光纤交换机 | IBM TotalStorage® SAN 交换机 H16 | 接口光纤通道光缆：LC/LC，多模光纤电源 100-240VAC；47～63 Hz | 2 |
| 5 | 一般网络交换设备 | 思科 WS-CE500-24PC | 传输速率：10/100/1000Mbps；交换方式：存储-转发；MAC 地址表：8k | 9 |
| 6 | 核心路由器 | CISCO 2821 | CISCO 2821 | 2 |

| 序号 | 设备名称 | 型号 | 性能指标 | 数量 |
|---|---|---|---|---|
| 7 | 企业级防火墙 | 东软 Neteye FW4202-XE3-VE | 防火墙类型：千兆级防火墙；网络吞吐量：100Mbps；人数限制：无用户数限制；管理：SNMP；入侵检测：DoS；主要功能：防火墙功能；控制端口：RS-232；其他端口：3个千兆铜口，带有2个扩展卡 | 2 |
| 8 | UPS | 山特 3C10KS | 类型：在线式UPS；额定容量：10KVA | 2 |
| 9 | 光纤磁盘阵列 | IBM TotalStorage DS4800-84A | 容量 10TB 4Gbps 光纤通道接口技术；带宽速度最高1724Mbps，适用于高吞吐量的应用 | 3 |
| 10 | 投影仪 | HP VP6320 | DLP：2000流明；标准分辨率1024×768；对比度2000：1 | 2 |
| 11 | 高精度野外光谱仪 | 美国 ASD 公司 Field-Spec Pro FR | 探测器，350～1050nm，低噪声512阵元PDA，1000～1800nm 及 1800～2500nm；波长范围：350～2500nm；波长精度：±0.8nm；灵敏度线性：±1%；波长重复性，优于±0.3nm @±10℃温度变化；使用温度范围，0～40℃ | 1 |
| 12 | 土壤水分测量仪 | 美国 CAMPBELL 公司 HYDROSENSE | 分辨率：1%；精度：±3%体积含水量；量程：0%～饱和状态；反应时间：<50ms | 2 |
| 13 | 静态 GPS | Trimble 4600 LS | 快速启动L1快速静态测量；水平精度：5mm＋1ppm；垂直精度：10mm＋2ppm×基线长度；方位角精度：1″＋5/基线长度（km）；动态测量：移动站使用测量控制器；精度：2cm＋2ppm×基线长度 | 4 |
| 14 | 动态差分GPS仪 | Trimble GeoXH | 可提供亚英尺级后处理精准度的 H-Star 技术 | 3 |
| 15 | 大幅面绘图仪 | Epson 11880 | 最高分辨率：2880×1440；最大打印宽度（mm）：1626 | 3 |
| 16 | 宽幅彩色激光打印机 | HP color laserjet 5550 | 惠普（HP）color laserjet 5550 a3 | 4 |
| 17 | 彩色扫描仪 | 日图 CS600 Pro | 最大幅面：1067mm；光学分辨率：600×600；色彩深度：24位 | 2 |
| 18 | 台式电脑 | Lenovo M6000 | Intel 奔腾双核 E2160 1.8GHz/1G 内存/160GB 硬盘 | 40 |
| 19 | 便携计算机 | Lenovo T400 | 酷睿双核 2.4GB/2GB 内存/240GB 硬盘/14.1 LCD | 8 |
| 20 | 全站仪 | Topcon 全站仪 | GTS-325W 5″±（2mm＋2PPm·D），中文显示，防水型，8000点数据内存，适用于各种工程测量，配微型棱镜组 | 3 |
| 21 | 遥感图像处理工作站 | HP xw8400 | Intel Xeon 5150/2660MHz；处理器缓存：4MB；4096MB 显卡，NVIDIA QuAdro FX150 | 35 |

**表 9-2 主要基础软件及选型**

| 序号 | 设备名称 | 型　号 | 性 能 指 标 |
|---|---|---|---|
| 1 | Unix | UNIX Ware7.1/Open | UNIX 8 50 用户 LIC |
| 2 | 高程数据加工软件 | Image Station SSK | 可输入和编辑的项目数据包括项目、相机、控制点、相片和模型引导工具帮助输入相机和航线数据 |
| 3 | 国产 GIS | MapGIS K9 | 1TB 以上数据管理、分布式、跨平台 |
| 4 | 国产遥感处理软件及许可 | ZONDY-RSP 2.0 | |
| 5 | ERDAS 软件 | ESRI ERDAS IMAGINE 遥感图像处理系统 9.3 | 提供相应的应用许可，提供更有效的展示，平移，缩放，编辑载体，注释和栅格数据功能、数据文件格式制作性能 |
| 6 | 测试建模工具 | D54LILL | （用户数许可）IBM Rational Software Architect Authorized User License ＋ SW Maintenance 12 Months |
| 7 | 测试项目管理工具 | D540XLL | （用户数许可）IBM Rational Portfolio Manager Authorized User License ＋ SW Maintenance 12 Months |
| 8 | 测试代码分析工具 | | （用户数许可）D53QQLLIBM Rational Purify for Linux and UNIX Authorized User License ＋ SW Maintenance 12 Months |
| 9 | 数据库软件及许可 | Oracle 10g 企业版 | 4CPU 无限用户 |
| 10 | 数据库软件及许可 | 国产数据库 | 2CPU 不限用户 |
| 11 | 服务器系统软件 | IBM JS22 | 4 颗 4.0GHz POWER6 处理器；16GB DDR2 ChipKill 内存；1×146GB |

**3. 遥感应用系统设计**

根据项目建设要求，该项目需要建设的遥感信息应用系统主要是国土资源卫星遥感综合应用系统和国土资源卫星遥感专题数据处理平台。

1) 国土资源卫星遥感综合应用系统

为了实现耕地保护责任制目标，根据武汉城市圈国土资源管理工作的特点，重点围绕土地利用现状更新调查、土地利用规划管理、用地审批与利用及耕地（尤其是基本农田）保护、土地执法监察、土地分等定级等核心业务，开发土地利用现状更新调查、土地利用总体规划检查、耕地保护动态检查、建设用地动态检查、土地分等定级等子系统，实现国土资源业务的有机集成与管理，推动卫星遥感数据行业综合应用的业务化运行。

围绕国土资源的相关业务，国土资源卫星遥感综合应用系统可以从图 9-11 上功能展开。

其中各个功能模块的功能详述如下：

（1）土地利用现状更新调查模块。

借助现势的遥感数据，可以提供快速、准确的土地资源调查数据，进行国土资源

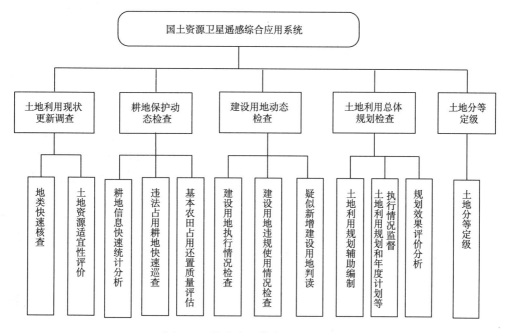

图 9-11　综合应用模块功能/模型图

调查数据的动态更新。该模块主要由地类快速核查、土地资源适宜性评价等子模块构成。

地类快速核查是借助现势的多源遥感影像，利用地物识别技术，快速、准确地识别各地物，获取土地利用现状图，从而实现国土资源调查数据的实时更新。

土地资源适宜性评价是利用高、多光谱遥感影像和 DEM 数据，对土地资源的物理状况（坡度、高程）和化学状况（水分、化学成分）进行分析，与土地资源调查数据进行比对，得出土地适宜性评价，为国民经济生产（农业、林业）提供参考资料，实现土地的可持续利用。

（2）耕地保护动态检查模块。

可以利用多时态的遥感影像和矢量调查数据实现对耕地的动态检查与评估。该模块主要由耕地信息快速统计分析、违法占用耕地快速巡查、基本农田占用还置质量评估等子模块构成。

耕地信息快速统计分析主要是基于高、多光谱遥感影像耕地识别模型，实现耕地信息的快速提取和统计分析，为政府部门实时、客观、及时地掌握耕地数据，坚守耕地保有量提供坚实的后盾。

违法占用耕地快速巡查主要是利用多时相影像动态检查违法占用耕地，提取违法用地的位置、范围等信息，为国家土地督察机构及时、真实地监管地方各级土地管理部门的行政和土地执法能力提供技术支持，严控耕地流失，坚守 18 亿亩耕地红线；及时对违法占用耕地行为进行处理。

基本农田占用还置质量评估主要是对因规划引起的农田占用而需要异地还置的，利用高光谱遥感数据对还置地块的化学成分等进行分析，判断还置地是否符合标准，保证基本农田保护工作顺利开展，使基本农田不仅在"量"上有所保障，也能达到"质"的保障。

（3）建设用地动态检查模块。

依据现势的遥感影像数据，实现对建设用地执行情况、违规使用情况等的有效监测。该模块主要由建设用地执行情况检查、建设用地违规使用情况检查、疑似新增建设用地判读等子模块构成。

建设用地执行情况检查主要是依据现势的遥感影像数据，通过分析提取建设用地（建筑物）等的影像特征，检查已批的建设用地其是否按期进行建设及土地利用是否存在批而未用、用而未尽、用途不符等情况，使政府部门及时掌握建设用地的实时进展，督促土地使用者正确地开发利用土地。

建设用地违规使用情况检查主要是对已批准的建设用地检查其是否存在用而未批、越界开发等违规使用情况，为政府管理部门快速、及时对相应违规行为进行处理和制止提供技术支持。

疑似新增建设用地判读主要是通过多期影像的对比分析，采用计算机自动发现和人机交互提取相结合的方式，实现新增建设用地分布范围的自动识别与提取，使政府管理部门及时掌控新增建设用地的情况，为下一步工作计划提供基础数据。

（4）土地利用总体规划检查模块。

通过遥感等手段获取被治理区的基础图件，进行土地利用的总体规划，并对规划的效果进行评价分析。该模块主要由土地利用规划辅助编制、土地利用规划和年度计划等执行情况监督、规划效果评价分析等子模块构成。

土地利用规划辅助编制主要是利用高、多光谱遥感数据，提取武汉城市圈的多种特征信息，进行相应的适宜性评价分析，结合分析情况，为规划的合理制定提供定量依据。

土地利用规划和年度计划等执行情况监督主要是借助现势遥感数据及规划数据库，监测土地利用现状与结构、规划（年度计划）执行情况、土地开发利用集约程度等。

规划效果评价分析主要是利用多时相多光谱遥感影像数据，根据某时段内的相关特征信息，进行诸如土地适宜性评价、土地生产潜力分析、规划期内用地综合平衡分析、建设用地预测、规划方案优化分析、土地承载力预测等。

（5）基于多源遥感数据的土地分等定级模块。

利用多源遥感数据，对影响土地质量方面的问题进行分析，为开展土地分等定级工作提供基础数据支撑。该模块主要是建立土地分等、定级的多源统计模型，基于多源遥感数据分析结果和相关专家知识库，进行土地分等、定级等。

2）国土资源卫星遥感专题产品处理软件

（1）系统框架。专题产品处理软件采用数据存储层、应用支撑层（算法库）、专题产品处理层的三层体系结构。数据存储层提供卫星遥感标准产品和专题产品的存储管理；专题模型及算法库是专题产品处理的基础，应用支撑层提供专题模型和算法库完成专题产品的生产需求。专题产品处理软件的系统层次如图9-12所示。

（2）系统功能。在现有遥感图像处理软件的基础上，开发面向国土行业的专题数据处理软件。开发遥感数据高精度纠正，遥感影像目标分类与信息提取，遥感影像变化检

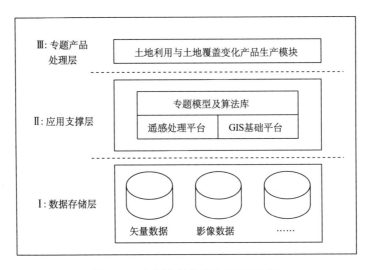

图 9-12　专题产品软件的系统层次图

测，高光谱遥感影像分析处理，面向国土应用的高、多光谱遥感处理算法库等功能模块（图 9-13）等；提供对全色影像、多光谱影像、高光谱影像、雷达数据的快速加工处理能力，具备制作应用示范区土地利用规划专题、土地利用现状专题、基本农田（区、块）专题、建设用地专题产品的能力。

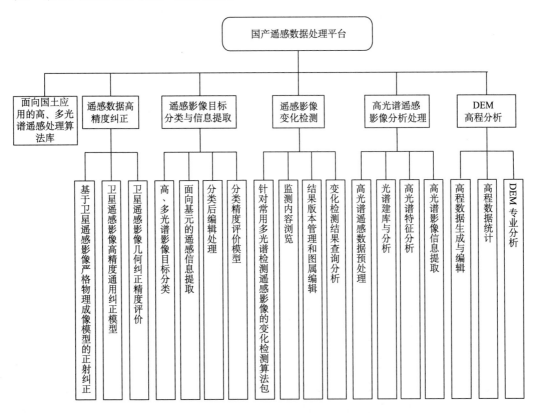

图 9-13　国土资源卫星遥感专题数据处理平台功能

第一，遥感数据高精度纠正模块。

针对自主卫星的特点，研究高、多光谱影像的快速、高精度的纠正技术，开发遥感数据高精度纠正功能，以满足国土资源管理数据现势性、精确性的要求。该模块主要包括基于卫星遥感影像严格物理成像模型的正射纠正、卫星遥感影像高精度通用纠正模型、卫星遥感影像几何纠正精度评价等子模块。

基于卫星遥感影像严格物理成像模型的正射纠正主要是利用卫星影像成像时期的轨道参数，辅以少量地面控制点，并考虑传感器畸变、大气折光、地球曲率等系统误差对定位精度的影响，通过共线方程解算卫星遥感影像的内、外方位元素，达到高精度地理定位的目标；研究引入地形数据，消除地面起伏对卫星遥感影像的影响，实现卫星遥感影像的高精度正射纠正。

卫星遥感影像高精度通用纠正模型主要是在卫星遥感影像的传感器参数不确切的情况下，研究利用多阶有理多项式来模拟影像的定位过程，可以得到较高的定位精度，通过若干个地面控制点进行平差解算可获得有理多项式参数，引入高程数据实现卫星遥感影像的正射纠正。

卫星遥感影像几何纠正精度评价主要是根据误差处理和可靠性原理，对地理定位的精度，提供控制点的残差、中误差、单位权方差等参考量，同时提供正射纠正的理论和实际精度，并能对存在错误的控制点进行检测和剔除，保证几何纠正的精度和可靠性。

第二，遥感影像目标分类与信息提取模块。

结合国产卫星影像特性，研究实现针对不同类型、不同分辨率影像的目标分类技术，开发遥感影像目标分类与信息提取功能，满足国土资源专题信息提取的需求。该模块主要包括高、多光谱影像目标分类，面向基元的遥感信息提取，分类后编辑处理，分类精度评价模型等子模块。

高、多光谱影像目标分类主要是研究高、多光谱影像的目标分类技术，如针对高光谱的光谱角填图、混合像元分解等技术，针对多光谱的基于纹理信息的分类、决策树分类等技术，实现针对不同类型、不同分辨率影像的目标分类。

面向基元的遥感信息提取主要是研究针对高分辨率影像的多尺度分割、模糊决策逻辑分类等技术，综合影像空间、波谱信息的地物分类技术，提高信息提取的准确性；提供面向基元的影像自动分析流程，为区域内特定类型地物的提取与应用提供智能化的分析工具。

分类后编辑处理主要是提供灵活的分类后处理功能，包括类别合并、分类赋值设色、聚类统计、分类结果小区滤除、图斑编辑等，通过简单便捷的操作实现人工纠错处理。

分类精度评价模型主要是针对不同的分类方法，建立分类结果精度评价模型，评价分类的稳定性、精度并统计分类误差矩阵。

第三，遥感影像变化检测模块。

研究各种遥感信息的空间、时间图形和图像表达与算法；研究土地遥感信息多维动态显示与综合叠加；实现基于统一地理坐标的遥感专题信息、数值模拟与常规观测信息以及地理信息的一体化处理。形成完整的变化检测流程、较全面的变化检测算法、完善的数据编辑功能，并且具有强大的动态监测浏览与查询功能。该模块主要包括针对常用多光谱遥感影像的变化检测算法包、监测内容浏览、检测结果版本管理和图属编辑、变化检测结果查询分析等子模块。

针对常用多光谱遥感影像的变化检测算法包模块主要是根据不同类型的遥感影像都具有其不同的特点，利用这些特点提高现有变化检测算法的速度和准确度，从而形成一个变化检测算法包，有利于遥感变化检测的流程化和自动化。

变化监测内容浏览主要是提供采用三视图和双视图模式，建立一个集成的监测系统环境，提高用户作业效率。

检测结果版本管理和图属编辑主要是提供以人工方式消除由于遥感影像成像过程和环境的复杂性所产生的部分错误的检测结果。

变化检测结果查询分析主要是提供基本的查询分析功能，如属性浏览、条件查询、通用查询和距离、面积量算等，便于用户利用变换检测结果进行简单的空间分析处理。

第四，高光谱遥感影像分析处理模块。

针对高光谱遥感影像光谱分辨率高、波段多、数据量大和图谱合一等特点，研究专门用于处理高光谱遥感影像的功能。该模块主要提供高光谱遥感数据预处理、光谱建库与分析、高光谱特征分析、高光谱影像信息提取等子模块。

高光谱遥感数据预处理主要是提供专门针对高光谱遥感影像的图像定标与反射率反演、辐射畸变与噪声消除、几何校正等一系列预处理功能。

光谱建库与分析主要是提供对光谱库中标准光谱的查看、分析及信息提取等功能。

高光谱特征分析主要是研究不同阴、阳离子和典型矿物光谱的光谱表现形式和吸收特征，计算光谱多阶导数曲线、波段间相关性指数等，并对光谱各项特征进行量化和提取。

高光谱影像信息提取主要是研究基于光谱匹配的二值编码、光谱角度填图、基于光谱特征提取的混合像元分解方法及重要波段间的影像运算等方法。

第五，DEM 高程分析模块。

针对遥感数据提取或外业量测的 DEM 数据，提供对 DEM 高程数据的栅格分析支持，以满足国土资源中耕地适宜性分析、土壤分等定级等方面的分析与评估。该模块主要包括高程数据生成与编辑、高程数据统计、DEM 专业分析等子模块。

高程数据生成与编辑主要提供高程数据生成功能，包括通过离散点、等高线与特征点、线数据生成 DEM 以及通过距离制图、离散点线缓冲区分析或函数表达式生成 DEM；提供多种高程数据编辑功能，包括单个栅格数据的高程点查询编辑、平移旋转、镶嵌裁剪、滤波、投影等。

高程数据统计主要提供多种栅格数据统计功能，包括单个或多个栅格数据叠加数学表达式计算、单个栅格数据像元值累积、聚集、邻域及分类统计、单个栅格数据属性表编辑显示及统计等。

DEM 专业分析主要提供多种 DEM 专业分析功能，包括地形因子计算，坡度、坡向分级及制图输出，剖面分析，地表量算，表面积、土方计算，可视域分析，水文表面及流域分析等。

第六，面向国土应用的高、多光谱遥感处理算法库模块。

建立完善的面向国土应用的高、多光谱遥感处理算法库，满足国土资源管理中各种遥感分析处理的需求。完善的高、多光谱遥感处理算法库将使基于该遥感平台的国土资源管理系统的开发更加顺利与方便。

# 9.2.5 项目实施

### 1. 专题数据加工基地工艺技术路线

针对国土资源管理业务对卫星遥感数据的特殊需求和国产卫星遥感数据的特性，完善通用遥感数据处理平台的功能，购置遥感图像处理工作站、全站仪、磁盘阵列、数据库系统等硬件设备，配置 GIS 平台、Oracle 数据库软件、国产数据库系统、UNIX 操作系统、国产遥感软件等。开发遥感数据高精度纠正，遥感影像目标分类与信息提取，遥感影像变化检测，高光谱遥感影像分析处理，面向国土应用的高、多光谱遥感处理算法库等功能模块，建成国土资源卫星遥感专题数据加工生产基地。具备全色影像、多光谱影像、雷达数据、高光谱数据快速加工处理能力，满足国土资源遥感专题产品批量加工、生产的需要，为国土资源卫星遥感综合应用提供数据加工处理平台。

数据加工处理平台对于该工程能否真正地应用推广起到决定性的作用，只有拥有好的专题数据，才能在国土资源业务领域中体现遥感数据的真正价值，才能为国产遥感影像的推广打下坚实的基础，进而带动整个卫星影像产业化链的发展。

良好的数据加工处理软件是数据加工处理平台的基础，高效齐全的设备是数据加工处理平台能力的保证，优异的场地配合各方面硬件条件是数据加工处理平台不间断地安全运行的保障。

1）国土资源卫星遥感专题数据处理软件开发

国土资源卫星遥感专题数据处理软件通过 MapGIS K9 通用遥感数据处理平台提供的搭建式、插件式和配置式三种开发模式进行开发，采用数据存储层、应用支撑层（算法库）、专题产品处理层的三层体系结构。数据存储层提供卫星遥感标准产品和专题产品的存储管理；专题模型及算法库是专题产品处理的基础，应用支撑层提供专题模型和算法库完成专题产品的生产需求。

国土资源卫星遥感专题数据处理软件在现有遥感图像处理平台的基础上，开发面向国土行业的专题数据处理软件。开发遥感数据高精度纠正，遥感影像目标分类与信息提取，遥感影像变化检测，高光谱遥感影像分析处理，面向国土应用的高、多光谱遥感处理算法库等功能模块；提供对全色影像、多光谱影像、高光谱影像、雷达数据快速加工处理能力，具备制作应用示范区土地利用规划专题、土地利用现状专题、基本农田（区、块）专题、建设用地专题产品的能力。MapGIS K9 通用遥感数据处理平台如图 9-14 所示。

2）土地利用现状更新调查模块

（1）地类快速核查。在国土资源卫星遥感综合应用专题数据处理软件中，对多光谱影像及全色影像进行几何纠正、图像增强、图像融合等影像预处理步骤，使源影像满足识别地物的要求，然后对预处理后的影像利用各种地物识别技术（非监督分类、监督分类、面向对象分类）进行地类识别，获取土地利用专题影像，将土地利用专题影像转换为矢量数据，对从影像上获取的土地利用专题图进行精度评价，使其满足土地变更的精度要求，最终达成利用遥感影像对土地利用现状图进行快速实时变更的要求。若此时还

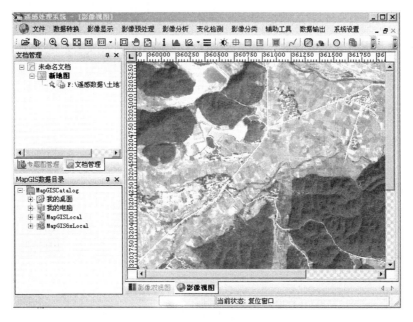

图 9-14　MapGIS K9 通用遥感数据处理平台

有利用传统手段获取的土地变更数据，也可利用遥感影像获取的土地利用专题图对该数据提交的地类数据进行快速核查，判读该矢量数据是否属实。图 9-15 是以监督分类为例的地类识别技术获取土地利用现状图的专题数据制作流程。

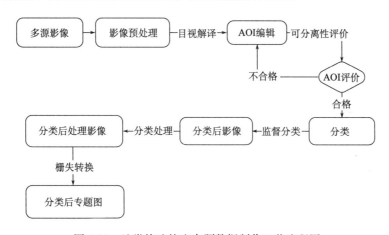

图 9-15　地类快速核查专题数据制作工艺流程图

　　（2）土地资源适宜性评价。利用高、多光谱遥感影像和 SAR 影像，对土地资源的物理状况（地形坡度、高程）和自然属性（土壤有机质含量、表层土壤质地等）进行分析，经过统计分析，得出某区域土地适宜性评价等级分布图。在国土资源卫星遥感综合应用专题数据处理软件中，对多源遥感影像处理后获取的各评价因子专题影像，参照评价因子分值表，生成评价因子分值图。同时在与评价因子分值图同比例尺的素图上划分土地适宜性评价单元，划分评价单元有叠置法、地块法、多边形法、网格法。然后，将土地适宜性评价单元与各评价因子分值图进行套合,生成评价因子单元分值图。接下来根据各评价因子权重,对各评价因子分值图进行组合运算,得到土地资源适宜指数,再利用适宜性等级划分方法(等间距法、数轴法、总分值频率曲线法)进行土地资源适宜性评价分级,生成土地资源适宜性等级图。最后将行政区划图与土地资源适宜性等级图套合,生成土地资源适宜性等级分布图。图 9-16 是以武汉城市圈为例的土地资源适应性评价专题数据制作工艺流程图。

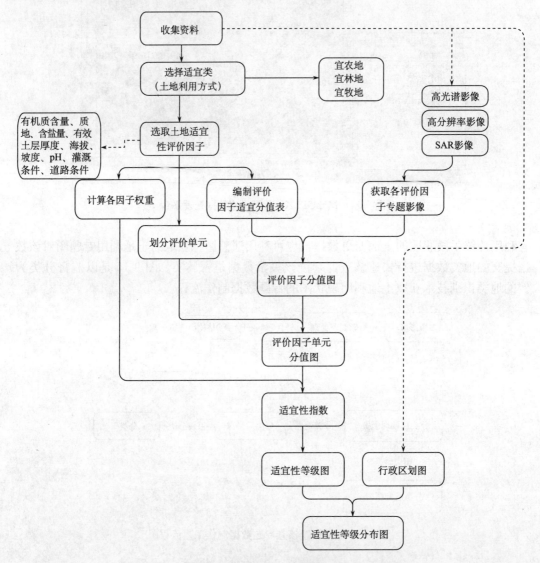

图 9-16  土地资源适应性评价专题数据制作工艺流程图

3)耕地保护动态监测模块

(1)耕地信息快速统计分析。在国土资源卫星遥感综合应用专题数据处理软件中,对高、多光谱等多源遥感影像进行几何纠正、图像增强、图像融合等影像预处理步骤,使源影像能很好地识别耕地,然后对预处理后影像利用各种专题信息提取技术(非监督分类、监督分类、面向对象分类）提取耕地专题信息，再将耕地专题信息影像转为矢量数据，便于耕地信息（面积、地理位置）的统计分析。图9-17是利用以监督分类为例的专题信息提取技术进行耕地专题信息提取的数据处理工艺流程。

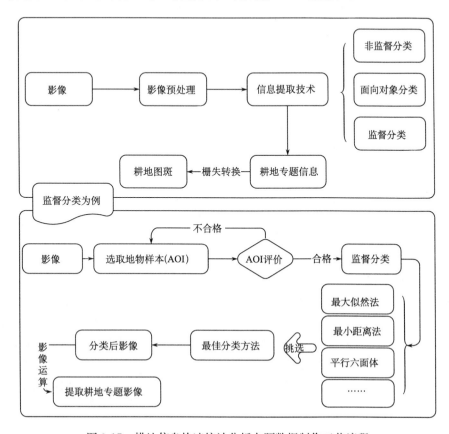

图 9-17　耕地信息快速统计分析专题数据制作工艺流程

（2）违法占用耕地快速巡查。在国土资源卫星遥感综合应用专题数据处理软件中，对多时相影像进行几何纠正、图像增强、图像融合等影像预处理步骤，使源影像能很好地识别各种地物，然后对经过预处理的不同时相影像进行变化检测，国土资源卫星遥感综合应用专题数据处理软件提供较完善的遥感影像变化检测模块，其中包括差分变化检测、分类后变化检测等方法，对不同时相影像进行变化检测获取变化图斑1，再用该变化图斑去掩膜源影像，获取不同时相影像的变化区域，利用地物识别技术在对多时相影像的变化区域影像进行地类识别，获取多时相变换区域地类分布图，接下来利用分类后变化检测对多时相变换区域地类分布图进行变化检测，生成变化图斑2，从变化图斑2中提取违规占用耕地图斑，并将违规占用耕地图斑转化为矢量数据，便于提取违法用地的位置、范围等信息，辅助快速巡查处理。图9-18是违法占用耕地快速巡查专题数据制作工艺流程图。

（3）基本农田占用还置质量评价。对因规划引起的农田占用而需要异地还置的，利用高光谱遥感数据对还置地块的化学成分等进行分析，判断还置地是否符合标准。

在国土资源卫星遥感综合应用专题数据处理软件中，对多源影像（高光谱影像、多

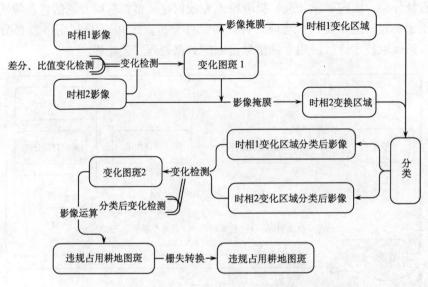

图 9-18　违法占用耕地快速巡查专题数据制作工艺流程图

光谱影像、SAR 影像）进行几何纠正、大气纠正、波段选取、去噪声等影像预处理后，利用规划部门提供的基本农田异地还置区域的矢量数据对多源影像进行裁剪，获取还置区域影像，根据基本农田的质量标准，选取进行基本农田质量评估的因素因子，如土壤有机质含量、土壤含盐量、土壤酸碱度等因子，建立获取各因子的遥感定量模型，以高光谱影像为基础数据，经过遥感定量模型的计算，得到基本农田的各因子分值，将其与基本农田质量属性（因子）标准进行比较，判断该异地基本农田还置地质量是否合格，输出成果分析报告。图 9-19 是基本农田异地还置质量评估专题数据制作工艺流程图。

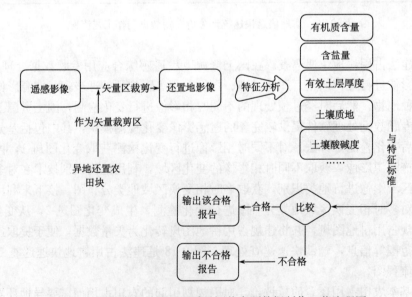

图 9-19　基本农田异地还置质量评价专题数据制作工艺流程图

4）建设用地动态监测模块

（1）建设用地执行情况监测。在国土资源卫星遥感综合应用专题数据处理软件中，对多光谱影像及全色影像进行几何校正、图像增强和图像融合等预处理，获取基础的遥感影像数据；将"建筑红线"矢量数据往外扩充得到一个膨胀界线，利用膨胀界线裁剪该区域基础遥感影像，获取建筑红线范围内的影像数据；利用地类识别技术（监督分类、非监督分类、面向对象分类）对影像进行地类识别，获取土地利用现状图；再对土地利用现状图进行专题信息提取得到建设用地专题图；之后将建设用地专题图转为矢量数据。最后将国土管理部门的"建筑红线"矢量数据与通过遥感手段从影像上获取的建设用地专题图进行叠加分析，统计分析建设用地执行情况。图 9-20 是建设用地执法情况监测专题数据制作工艺流程图。

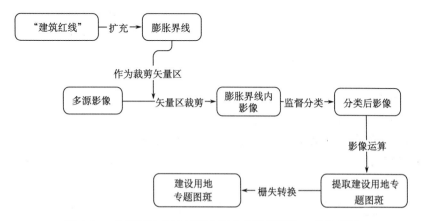

图 9-20　建设用地执法情况监测专题数据制作工艺流程图

（2）建设用地违规使用情况监测。在国土资源卫星遥感综合应用专题数据处理软件中，对多光谱影像及全色影像进行几何校正、图像增强和图像融合等预处理，获取基础的遥感影像数据；将"建筑红线"矢量数据往外扩充得到一个膨胀界线，利用膨胀界线裁剪该区域基础遥感影像，获取建筑红线范围内的影像数据；利用地类识别技术（监督分类、非监督分类、面向对象分类）对影像进行地类识别，获取土地利用现状图；再对土地利用现状图进行专题信息提取得到建设用地专题图；之后将建设用地专题图转为矢量数据。最后将土地管理部门的"建筑红线"矢量数据与通过遥感手段从影像上获取的建设用地专题图进行叠加分析，统计分析区域内建设用地违规使用情况。图 9-21 是建设用地执法情况监测专题数据制作工艺流程图。

（3）疑似新增建设用地判读。在国土资源卫星遥感综合应用专题数据处理软件中，对多时相影像进行几何纠正、图像增强和图像融合等预处理，使源影像能很好地识别各种地物，然后对经过预处理的不同时相影像进行变化检测，国土资源卫星遥感综合应用专题数据处理软件提供较完善的遥感影像变化检测模块，其中包括差分变化检测、分类后变化检测等方法，对不同时相影像进行变化检测获取变化图斑 1，再用该变化图斑去掩膜源影像，获取不同时相影像的变化区域，利用地物识别技术在对多时相影像的变化区域影像进行地类识别，获取多时相变化区域地类分布图，接下来利用分类后变化检测

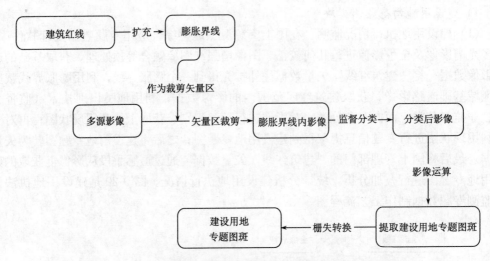

图 9-21　建设用地违规使用情况监测专题数据制作工艺流程图

对多时相变化区域地类分布图进行变化检测，生成变化图斑 2，从变化图斑 2 中提取新增建设用地图斑，并将新增建设用地图斑转化为矢量数据，便于获取疑似新增建设用地的位置、范围等信息，辅助快速巡查处理。图 9-22 是疑似新增建设用地判断专题数据制作工艺流程图。

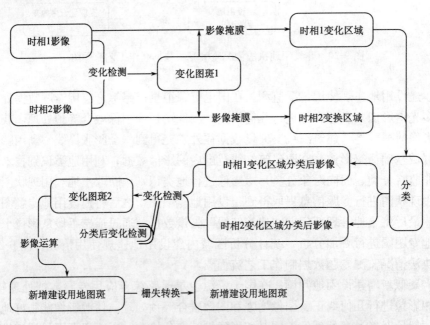

图 9-22　疑似新增建设用地判读专题数据制作工艺流程图

5）土地利用总体规划监测模块

借助现势遥感影像（高分辨率、高光谱），获取当前规划用途类别分布图及各规划指标当前数据，与规划图件进行比较，监测土地用途是否按规划执行；将从影像上获取的规划指标与规划期的规划指标进行比较，看其是否达标（基本农田保护、耕地保有量）或超标（建设用地指标、建设用地占用农用地指标）。

在国土资源卫星遥感综合应用专题数据处理软件中，对遥感影像进行几何纠正、图像增强和图像融合等影像预处理，使源影像能很好地识别各种地物，利用地物识别技术（监督分类、非监督分类、面向对象分类等技术）对预处理后的影像进行地类识别，获取土地利用现状专题图，将土地利用现状专题图转换为矢量数据；将土地利用现状图与规划图（基本农田保护规划图、建设用地空间管制图、重点建设项目用地布局图等）进行叠加分析，获取各规划图的执行图，通过对执行图进行空间统计分析，监测土地用途是否按规划执行：空间位置是否正确、空间范围是否越界。另外，对土地利用现状图进行统计，获取基本农田、建设用地、耕地的总面积，与规划指标进行比较，看当前各控制指标是否达标或超标。图 9-23 为土地利用规划和年度计划等执行情况监督专题数据制作流程。

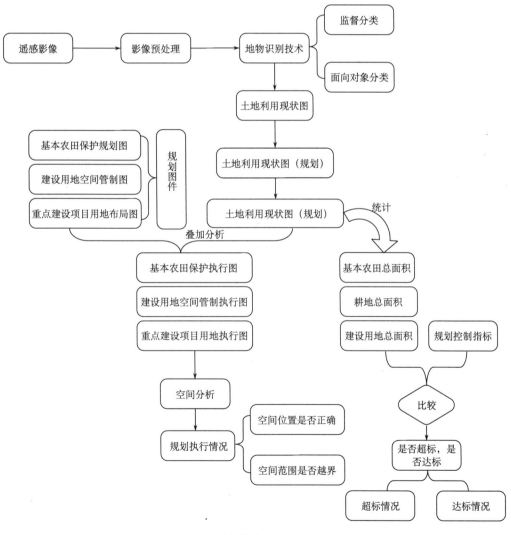

图 9-23　土地利用规划和年度计划等执行情况监督数据专题制作工艺流程图

6）基于多源遥感数据的土地分等定级模块

武汉城市圈农用地分等：首先，确定武汉城市圈位于长江中下游地区的沿江平原二级区，武汉城市圈九个城市地形平坦，大多属于平原地形，考虑到武汉城市圈的地理位置与地形，根据专家推荐，确定武汉城市圈农用地分等的必选因子有灌溉保证率、排水条件、剖面构型、表层土壤质地、土壤有机质含量、土壤酸碱度、阻碍层次，还应从水文条件、土壤条件、地形条件、农田基本建设情况等备选因子中选择几个。

在国土资源卫星遥感综合应用专题数据处理软件中，对高光谱影像、多光谱影像、SAR 影像进行预处理，获取基础遥感影像数据；通过反复试验，建立各个分等因子的遥感定量模型；对基础遥感影像通过遥感定量模型，获取分等因素因子专题影像。对照

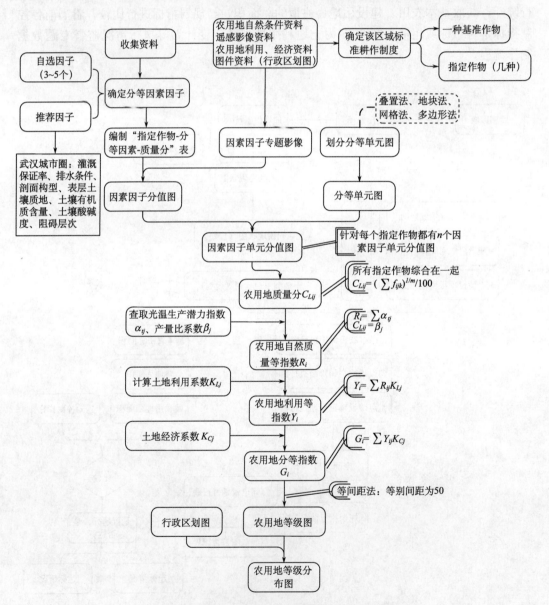

图 9-24　农村土地分等定级专题数据工艺流程图

"指定作物-分等因素-质量分"表，以分等因素因子专题影像为基础数据生成分等因素因子分值图。同时，利用叠置法、地块法、网格法、多边形法等方法划分分等单元，得到分等单元图。然后将分等因素因子分值图与分等单元图进行套合，分析计算得到分等因素因子单元分值图，然后采用几何平均法或加权平均法，计算各分等评价单元各指定作物的农用地自然质量分，再计算农用地自然质量等指数，然后计算土地利用系数以及农用地自然利用等指数，再利用等间距法进行农用地等级划分，得到农用地等级图，最后将行政区划图与农用地等级图进行套合，获取农用地等级分布图。图 9-24 是农用地分等专题数据制作工艺流程图。

2. 应用示范基地建设技术路线

数据加工处理基地的产品是为国土资源卫星遥感综合应用提供基础业务数据，是为国土资源卫星遥感综合应用服务的。在应用示范基地的建设中，以武汉市为主体的武汉城市圈作为国土资源卫星遥感综合应用高技术产业化示范基地。从以下两方面建设国土资源卫星遥感综合应用高技术产业化示范基地：一是国土资源卫星遥感综合应用系统的开发；二是搭建国土资源卫星遥感综合应用分布式支撑平台。其中，搭建综合应用分布式支撑平台是应用示范基地能否建成的关键。

1）国土资源卫星遥感综合应用系统集成开发

根据武汉城市圈国土资源管理工作的特点，重点围绕土地利用现状更新调查、土地利用规划管理、建设用地审批及耕地（尤其是基本农田）保护、土地执法监察、土地分等定级等核心业务，开发土地利用现状更新调查、土地利用总体规划检查、耕地保护动态检查、建设用地动态检查、土地分等定级等子系统，实现国土资源业务的有机集成与管理，推动卫星遥感数据行业综合应用的业务化运行。

软件开发与完成采用原型法，其基本思路是首先在未完全弄清需求之前，通过一个原型化的设计环境，迅速地建立起原型系统。然后，在原型化环境上能方便地对原型系统进行大量的修改、扩充和完善，即进一步做数据基础等细化深入工作，如图 9-25 所示。

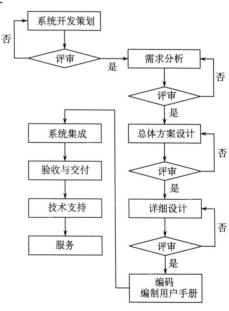

图 9-25　应用系统开发流程框架图

2）国土资源卫星遥感综合应用分布式共享支撑平台集成部署

以武汉城市圈、湖北省卫星遥感信息的网络环境下分布式计算、共享分发服务为重点，建设省、市以及企业多位一体的分布式共享支撑平台，为国土资源卫星遥感综合应用系统建设提供技术支撑。系统支撑平台主要包括分布式共享支撑平台框架，分布式共享环境部署，主、分数据中心数据库设计，数据库管理系统，主、分中心数据交换与共享以及平台安全体系。

（1）分布式共享环境部署。

分布式共享环境主要包括主、分中心的磁盘阵列，服务器，网络等硬件设施以及数据库软件、MapGIS等软件设施。针对武汉城市圈国土资源卫星遥感综合应用示范工程项目的需求，可以采用集中式和分布式两类方法进行部署。

（2）主、分中心数据交换与共享。

数据交换体系主要由网络系统、数据中心以及信息安全体系三部分组成。这三部分一起构成了国土资源规划及监管应用基地的基础设施条件，为国土资源政务管理和信息服务系统提供硬件载体、数据存储、数据交换、管理利用基础以及信息安全保障。

交换域内交换体系技术平台的结构包括交换前置系统、中心交换系统，交换网络、数据中心、应用服务器、政务网络。该结构可以支持湖北省业务数据与部级、城市圈市级业务数据之间的交换，并可以很好地控制应用终端对数据中心的授权访问，如图9-26所示。

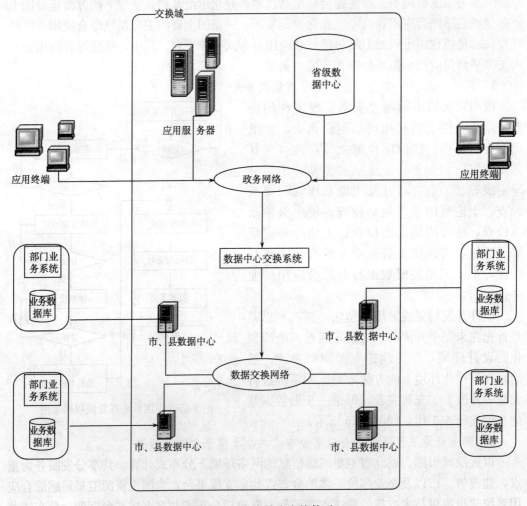

图 9-26　交换域内交换体系

其中，中心交换系统架构在国土资源网络上，用来实现各级数据中心基础数据库之间的上下同步和备份（数据驱动）、垂直业务系统间的数据交换（应用驱动、数据驱动）和横向本部门与外部门之间的数据交换功能。数据交换系统部署在省、市两级数据中心节点上，如图9-27所示。

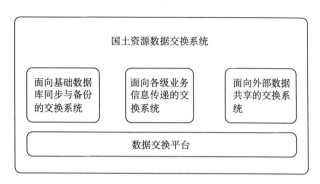

图 9-27　国土资源数据交换系统基本结构

### 3. 产业化转换中心工艺技术路线

国土资源遥感技术产业化转换试验中心是将科研成果进行工程化实验的中心。国土资源卫星专题数据加工生产基地的各类数据加工流程以及数据加工标准都需在产业化转换试验中心进行研究、试验及论证；国土资源遥感规划监管应用示范基地用到的遥感前沿技术手段同样需在产业化转换试验中心进行研究、试验及论证，方能应用到实际生产中。

具体的工作主要是专题数据加工处理的标准化和综合应用功能模板的规范化等。

1）专题数据加工处理的标准化

（1）数据要求。对于项目的建设来说，入口数据是项目的基础，基于武汉城市圈综合应用高科技产业化示范工程的业务功能/模型能满足分析出相应的遥感数据类型要求，如表9-3所示。

表 9-3　专题数据要求

| 功能模块 | 影像数据要求 |
| --- | --- |
| 01 地类快速核查 | 多光谱数据、高空间分辨率数据 |
| 02 耕地信息快速统计分析 | 多光谱数据、高空间分辨率数据 |
| 03 违法占用耕地快速巡查 | 多时相多光谱数据、多时相高空间分辨率数据 |
| 04 建设用地执行情况检查 | 多光谱数据、高空间分辨率数据 |
| 05 建设用地违规使用情况检查 | 多光谱数据、高空间分辨率数据 |
| 06 疑似新增建设用地判读 | 多时相多光谱数据、多时相高空间分辨率数据 |
| 07 土地资源适宜性评价 | 高光谱影像、多光谱数据、高空间分辨率数据、SAR 影像 |
| 08 基本农田占用还置质量评估 | 高光谱影像、多光谱数据、高空间分辨率数据、SAR 影像 |
| 09 土地分等定级 | 高光谱影像、多光谱数据、高空间分辨率数据、SAR 影像 |
| 10 土地利用规划辅助编制 | 高光谱影像、多光谱数据、高空间分辨率数据、SAR 影像 |
| 11 土地利用规划和年度计划等执行情况监督 | 多时相多光谱数据、多时相高空间分辨率数据 |
| 12 规划效果评价分析 | 多时相多光谱数据、多时相高空间分辨率数据 |

（2）数据准备。数据整合的主要工作包括采集准备、输入数据到临时缓冲区、提取数据、提取辅助数据、标准化处理、集成处理、数据分割、综合处理、数据质量控制、元数据采集入库、数据分类入库等。其数据处理流程如图 9-28 所示。

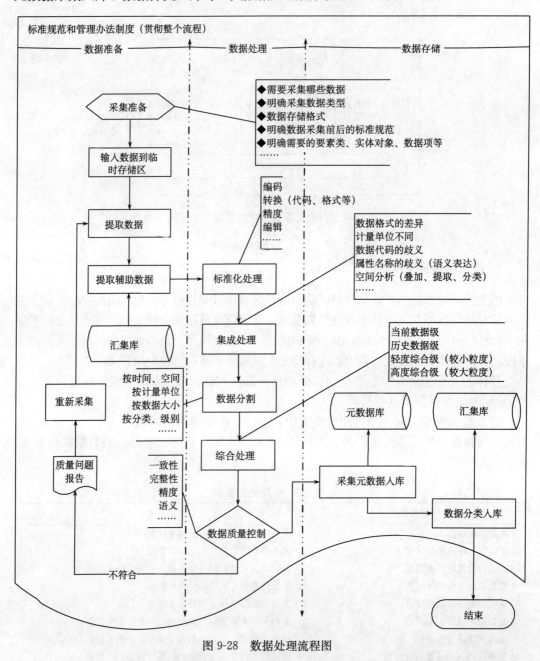

图 9-28 数据处理流程图

（3）遥感数据管理。加工好的数据需要入库管理包括数据汇集、数据更新等操作，包括在线更新和离线更新。数据汇集流程实现各数据分中心综合信息子库到数据主中心综合信息汇集库的汇集。

数据管理原则上需要实现逻辑上面分离、物理上面集聚，也可以实现逻辑上面聚集、物理上面分离。数据存储服务器可以集中存放在主数据中心，也可以分别存放在分数据中心，可以根据具体分中心的需求灵活应用。就武汉城市圈"1＋8"城市圈中，以湖北省国土资源厅为主数据中心，其余国土资源局为分中心为例，数据管理服务器既可集中存放在国土资源厅中，也可以分别存放在分数据中心，通过国土资源专网实现功能和数据的完全分离。

2）综合应用功能模板的规范化

相同的职能政府部门在不同的省、市的业务类型基本是一样的，但是对应的业务模型却有一些不小的差别。例如，土地利用现状更新调查模块中的地类快速核查、土地资源适宜性评价，耕地保护动态监测模块中的耕地信息快速统计分析、违法占用耕地快速巡查、基本农田占用还置质量评价，建设用地动态监测模块中的建设用地执行情况检查、建设用地违规使用情况检查、疑似新增建设用地判读，土地利用总体规划监测模块中的土地利用规划辅助编制、土地利用规划和年度计划等执行情况监督、规划效果评价分析，基于多源遥感数据的土地分等定级模块中土地分等定级业务在相同的国土资源厅职能部门中的业务类型大体一致，但是操作审批流程在不同的省、市有较大的出入，这就需要在工作开展初期制定标准的业务规范。

在示范工程的实施过程中将尽可能地收集相关的业务资料，完善功能报告，有针对性地总结业务归类，形成具体的成果报告。对于一个新生的现代监督手段的诞生，相应的业务模型在业务开展的初级阶段很容易定型，这部分工作开展得好坏决定了示范实验工程中心向产业化转型过程周期的长短。

## 9.2.6　项目管理

项目组织按照遥感信息工程方法论的思想实施。项目实施阶段成立包括软件开发与集成、设备、公用工程等各类专业人员参加的项目管理部，项目管理部负责项目建设期的建设实施和各方面的协调工作。项目管理部下设软件开发组、数据处理组、系统集成组。每组负责人对总体组负责（图9-29）。

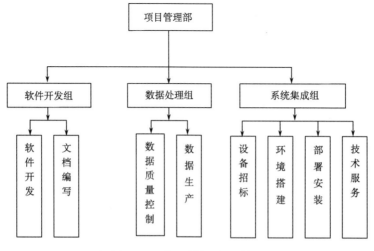

图9-29　项目建设组织机构图

## 1. 项目管理部

项目管理部由项目负责人总体负责。项目管理部根据项目的总体要求，负责项目总体设计分工，明确各个组的职责；按照设计要求组织各组实施、协调各组之间在实施过程中存在的问题；监督各组之间的实施进度；完成项目总结报告。

## 2. 软件开发组

软件开发组职责上是按照 CMM 体系进行系统总体设计，编制系统分析报告，设计各个软件模块，组织程序编写打包。集成测试组按照标准设计测试用例、组织测试数据，进行软件模块测试、系统测试、集成测试，编制测试报告。文档组则根据各个模块特点，编制操作手册和实施案例等软件文档。

## 3. 数据处理组

数据处理组负责项目建设所需的数据生产加工，按照相关标准控制卫星遥感数据的质量控制。

## 4. 系统集成组

系统集成组负责项目所需设备招标落实工作，完成项目运行环境的搭建，为项目提供基本保障；负责整个系统部署安装；提供系统技术服务。

# 参 考 文 献

巢纪平. 2009. 没有方法论的引导就没有科学方法的创新. 创新科技, (2): 6~6.

陈晓玲, 赵红梅. 2008. 环境遥感模型与应用. 武汉: 武汉大学出版社. 2~3.

戴超凡, 刘青宝. 2003. 数据仓库中的元数据管理. 计算机工程与科学, 25 (4): 54~57.

高复先. 1988. 信息工程与总体数据规划. 交通与计算机, 2: 8~14.

国家地理空间信息协调委员会. 2007. 自然资源和地理空间信息整合与共享研究. 北京: 科学出版社.

黄鼎成, 王卷乐. 2009. 全球变化与地球系统研究对科学数据、信息的依赖. 见: 孙九林, 林海. 地球系统研究与
    科学数据. 北京: 科学出版社. 55~58.

纪建悦, 许罕多. 2008. 现代项目成本管理. 北京: 机械工业出版社.

库恩 E. 2008. 项目成本与进度综合控制. 肖艳颖译. 北京: 电子工业出版社.

李军, 费川云. 2000. 地球空间数据集成研究概况. 地理科学进展, 19 (3): 203~211.

梁顺林. 2009. 定量遥感. 范闻捷等译. 北京: 科学出版社.

廖顺宝, 孙九林, 李泽辉. 2005. 地学数据产品的开发、发布与共享. 地球科学进展, 20 (2): 166~172.

刘国靖, 邓韬. 2003. 21世纪新项目管理——理念、体系、流程、方法、实践. 北京: 清华大学出版社.

刘继. 1986. 工程方法论——兼论工程方法论在高压工程中的应用. 中国电力, (4): 34~43.

刘继. 1987. 从工程方法论看大型水利枢纽工程中的环境问题. 科技导报, (1): 16~21.

卢之超. 1993. 马克思主义大辞典. 北京: 中国和平出版社. 163~165.

祁仁玲. 1995. 信息资源管理与信息工程建设. 情报杂志, 14 (6): 22~23.

钱汉臣. 1995. 信息工程及其社会-技术系统工程特征. 苏州大学学报 (自然科学版), 11 (4): 39~44.

施慧中. 2003. 科学数据分类分级探讨. 基础性工作动态, 5 (8): 21~35.

苏理宏, 黄裕霞, 李小文. 2002. 三维结构真实遥感像元场景的生成. 中国图像图形学报, 7 (6): 570~575.

田国良. 2003. 我国遥感应用现状、问题与建议. 遥感信息, (3): 3~7.

王连成. 2002. 工程系统论. 北京: 中国宇航出版社.

王前. 2009. "道""技"之间. 北京: 人民出版社.

王永韬. 2005. 遥感数据标准和应用标准研究初探. 武汉: 武汉大学硕士学位论文.

习晓环, 姜小光, 唐伶俐, 等. 2009. 我国遥感技术标准化工作及规划. 遥感信息, (5): 87~89.

徐赟, 李铭. 2003. 信息工程方法论在系统分析与设计中的应用. 云南水利发电, 19 (4): 97~99.

于新华. 1999. 军用航天器发展的回顾. 现代军事, (12): 11~15.

张闯, 周丽娟, 高志新, 等, 2007. Oracle10g 索引技术在数据仓库中应用. 计算机应用, 26 (1): 35~37.

张晓东. 2004. 大型建设开发项目工程管理模式的选择与实践. 天津: 天津大学硕士学位论文.

张友生. 2010. 系统分析师教程. 北京: 清华大学出版社.

郑凤. 2007. 马克思主义哲学方法论. 厦门: 厦门大学出版社.

钟耳顺. 1995. 地理信息系统标准化的范畴与进展. 遥感信息, (6): 10~14.

James M, Clive F. 1981. Information Engineering, Technical Report (2 Volumes). Savant Institute, Carnforth,
    Lancs, UK.

James M. 1981. Information Engineering. Artesia: Prentice-Hall Inc.

Jensen J R. 2005. Introductory Digital Image Processing: A Remote Sensing Perspective. 3rd Edition. New Jersey:
    Pearson Education.

Rakos J. 2006. The Practical Guide to Project Management Documentation. 费琳, 张祖成译. 北京: 电子工业出
    版社.

Turner J R. 2005. 项目的组织与人员管理. 戚安邦, 冯海, 罗燕江译. 天津: 南开大学出版社.